Sandrone Dazieri – Marco Martani

CEMENTO ARMATO

Romanzo

MONDADORI

Di Sandrone Dazieri
nelle edizioni Mondadori

Attenti al Gorilla
Gorilla Blues
Il Karma del Gorilla
È stato un attimo

www.librimondadori.it

ISBN 978-88-04-57380-7

© 2007 Arnoldo Mondadori Editore S.p.A., Milano
I edizione settembre 2007

Indice

Cemento armato

Si risveglia a notte fonda con le mani legate dietro la schiena, sdraiato a faccia in giù. L'asfalto gli gratta il viso, sente odore di umido ed erba. Appena prova a muoversi, il dolore lo inchioda. Come minimo ha un paio di costole rotte, le sente scricchiolare, e la spalla destra sembra slogata. Respira con la bocca, dietro il bavaglio, perché il naso è gonfio e intasato di sangue secco. Si sforza di rimanere calmo. Sapeva che sarebbe successo, prima o poi. Tutta colpa dei debiti, del maledetto supermercato che hanno aperto a pochi metri dal suo negozio, e che gli ha succhiato tutti i clienti. Che cosa poteva fare, se non chiedere i soldi all'unico disposto a prestarglieli? Ma gli interessi del mille per cento sono stati impossibili da saldare. Il mille per cento!

La settimana precedente gli hanno bruciato l'auto. Sapeva che era solo il primo avvertimento. E quello è il secondo, pensa, mentre faticosamente si tira in ginocchio. Quasi sviene per il dolore, ma stringe i denti e resiste, aspettando che la vista torni a schiarirsi. Si libererà dalle corde, rientrerà a casa e si rivolgerà alla polizia. Gli hanno detto che ci sono dei fondi speciali per aiutare quelli come lui, strozzati dall'usura, dai cravattari...

Alza gli occhi e si blocca.

Non è solo.

Davanti a lui, protetti dal buio, due uomini fumano osservando i suoi patetici sforzi. Non è ancora finita, allora. All'improvviso ha paura. Una paura tremenda.

Gira la testa in cerca di aiuto. Spera di vedere un passante, una volante della polizia, ma non c'è nessuno. Quello dove si trova deve essere un ponte sul Tevere, distante dalla città. L'unica luce è quella di una fila di fari arancioni dei lavori stradali.

Uno dei suoi aggressori si avvicina, il prigioniero riconosce il suo viso quando passa accanto a uno dei fari. È il capo, l'uomo a cui deve i soldi. Si è disturbato per lui, e non è un buon segno. «Sei sfortunato» gli dice. «Sai perché?»

Lui si sforza di scuotere la testa.

«Perché dei soldi in realtà non mi importa nulla. Sono quattro lire in fondo. E sono sicuro che adesso me li ridaresti. Ho ragione?»

Lui annuisce. "Certo che te li ridarò" cerca di dire con gli occhi. "Te li ridarò fino all'ultimo centesimo. Con gli interessi del mille per cento."

Il capo sembra capire e il suo sorriso si allarga. «Purtroppo è troppo tardi, capisci? Se facessi il buono con te, tutti penserebbero che mi si può fregare impunemente. Non sarebbe buono per gli affari. Ca-pi-sci?» dice ancora, punteggiando le sillabe con la sigaretta. «Devo dare il buon esempio.»

Il prigioniero cerca di dire qualcosa, non sa nemmeno lui cosa. La paura si è fatta accecante. Trema, suda. Il bavaglio gli impedisce di pregare, ma lo farebbe se fosse possibile.

«Un sacco di gente dice che non durerò» prosegue il capo. «Che sto facendo il passo più lungo della gamba. Lo dicevi anche tu, vero?» Alza una mano, la luce del faro si riflette sulla grossa pietra dell'anello che porta al medio. «Ma adesso sei tu quello in ginocchio. E io tra poco andrò in un

albergo dove mi aspetta una signorina molto carina, di quelle che costano un sacco. Mentre tu... be', hai capito, no? Allora, chi è lo stronzo?»

Il prigioniero cerca di scappare. Sa che non può farcela, sa che non ha alcuna possibilità. Ma ci prova ugualmente. È quasi riuscito a tirarsi in piedi quando sente qualcosa di duro sulla fronte. È la bocca di una pistola.

Il prigioniero chiude gli occhi.

Non sente lo sparo.

Reazione a catena

1

Diego aveva sentito dire che la Grande Muraglia è l'unica opera dell'uomo che si può vedere dalla Luna. "Si sbagliano" pensò slacciandosi il sottogola del casco che gli dava fastidio per il caldo, "si sono dimenticati del traffico di Roma." Quel serpentone di automobili che andava dalla tangenziale fin oltre il quartiere di San Giovanni doveva essere molto più lungo del muro cinese. Diego era in fila da quasi dieci minuti, e si era mosso di cinquecento metri. Considerando che viaggiava in scooter era un bel record. Era incastrato in un vicolo a senso unico, e il poco spazio tra le auto in movimento e quelle parcheggiate era bloccato da una selva di specchietti retrovisori.

Diego premette inutilmente il clacson per la milionesima volta, sperando che i guidatori davanti a lui si spostassero a sinistra quel tanto che bastava per aprirgli un varco, ma nessuno si mosse. Non c'era rispetto per i centauri, pensò accendendosi una sigaretta. E aveva voglia di insegnarglielo lui, il rispetto. Una gran voglia: i soprusi non gli andavano giù.

Pensò ad Asia che lo rimproverava sempre per il suo carattere impulsivo. Si chiese se aveva fatto la scelta giusta. Certo, amava Asia, l'amava moltissimo, ma forse era un po' troppo giovane per fidanzarsi seriamente. Avrebbe rimpianto le occasioni perse, le serate passate con gli amici a rimorchiare? Anche se non si vedeva particolarmente bello, sapeva che le ragazze lo trovavano attraente, soprattutto quando sorrideva e gli si illuminavano gli occhi neri, sempre un po' malinconici.

Un piccolo balzo in avanti della fila lo fece sperare, ma dopo dieci metri fu costretto a fermarsi nuovamente. «E levati!» gridò a un tizio con un SUV, cui si era spento il motore. Bisognava essere degli imbecilli per girare con un bestione del genere in quelle viuzze.

Il guidatore del SUV non diede segno di averlo sentito e si spostò ancora più a destra.

Diego tornò a seguire i suoi pensieri. Stare con Asia significava cambiare tutto. Da quando aveva abbandonato la scuola, e gli sembrava un secolo, non aveva avuto problemi a procurarsi di che vivere, anche se non erano lavori *rispettabili*, come avrebbe detto sua madre. Ma ora aveva delle responsabilità…

Diede un altro colpo di clacson, e l'autista del SUV gli mostrò il medio dal finestrino. Diego gettò il mozzicone e tornò ad allacciarsi il casco. Aveva fatto del suo meglio per starsene buono, ma quando ci vuole ci vuole. Tese la gamba sinistra in avanti, con il piede a proteggere il manubrio, poi diede gas. Lo scooter partì di scatto, incuneandosi tra la fila delle auto parcheggiate e quelle in movimento, mentre il suo piede liberava la strada dagli specchietti sporgenti. A ogni colpo, il sorriso di soddisfazione di Diego si allargava sempre di più.

"Cambierò" pensò. "Ma non oggi."

2

Il Primario rimase a fissare il retrovisore della sua Mercedes che penzolava sulla fiancata. Era un uomo sulla cinquantina, con la barba grigia tagliata corta sul mento. Indossava un abito elegante di taglio classico e lo si poteva scambiare per uno dei tanti avvocati che trafficavano a Roma. Se non lo si guardava negli occhi e non si vedeva l'enorme guardaspalle nero, Said, che lo accompagnava.

In quel momento, l'espressione del Primario era lontana. Pensava al ragazzo in motorino che lo aveva superato, con quel gesto così poco rispettoso. Pensava che doveva avere la sua età la prima volta che aveva ucciso un uomo.

Ai tempi, il Primario lavorava come portantino all'ospedale, e trafugava medicinali. Un suo complice, un piccolo spacciatore che tutti chiamavano Zecca, li rivendeva ai tossici in astinenza. E lì stava il problema. Zecca non era un socio affidabile, non lo era più. Chiacchierava troppo, rubava sui guadagni e il Primario aveva capito che doveva toglierselo dai piedi.

Definitivamente, perché Zecca avrebbe sicuramente raccontato quello che sapeva agli sbirri, in cambio di un po' di soldi o per vendicarsi.

C'era un'unica soluzione, quindi.

Il Primario aveva riflettuto a lungo su come agire, non voleva lasciare niente al caso. Quale arma sarebbe stata la più adatta? Sapeva come procurarsi una pistola, ma non si fidava di chi gliela avrebbe venduta, e a mani nude avrebbe avuto di certo la peggio. Alla fine aveva optato per il coltello.

Ne aveva scelto uno di quelli corti da macellaio, con la lama stretta, e si era esercitato pugnalando un cuscino. Il suo lavoro, oltre ai guadagni extra, gli aveva fornito vaghe conoscenze di anatomia. Sapeva dove colpire per evitare le costole e sapeva che l'altro non avrebbe avuto il tempo di reagire. Poi era andato a trovare Zecca nel tugurio che chiamava casa, con una bottiglia di whisky. Avevano bevuto assieme per quasi un'ora, chiacchierando di niente, e molte volte il Primario aveva toccato il coltello in tasca senza trovare il coraggio di estrarlo. Poi Zecca si era alzato per accompagnarlo alla porta e il Primario aveva capito di essere di fronte al momento supremo. Così, mentre l'altro allungava la mano per salutarlo, aveva estratto il coltello e glielo aveva affondato nel petto.

Per un lungo istante, gli occhi di Zecca erano rimasti fissi in quelli del suo assassino, stupiti più che spaventati, poi era crollato a terra senza emettere suono. Il Primario si era fermato a guardare la macchia di sangue che si allargava sul pavimento, aspettandosi di provare qualcosa. Rimorso, forse, o paura. Ma non aveva sentito nulla, vuoto assoluto. E non aveva provato nulla mentre ripuliva la casa di Zecca dalle sue impronte e da tutto quello che avrebbe potuto ricondurre a lui. Sotto una piastrella del bagno lurido aveva trovato un rotolo di banconote. Lo aveva intascato, come un premio per il lavoro ben fatto.

Nei giorni seguenti, quando la foto di Zecca era apparsa sui giornali, il Primario non si era mai preoccupato e aveva sempre dormito benissimo. Aveva solo cominciato a guardare gli altri esseri umani con ancora più disprezzo di prima. Non erano altro che animali da cortile. Molti erano pecore da tosare o bestie da monta, qualcuno poteva fungere da cane da pastore, la maggior parte erano animali da carne. E se qualcuno di loro cominciava a mordere e scalciare, andava macellato senza esitazione.

Il Primario rimise a fuoco il mondo. Said aspettava in silenzio, con il corpo massiccio appoggiato al cofano.

«Tutto bene, capo?»

Il Primario annuì. «No. Mi fumerei una sigaretta. Un pacchetto intero.»

«Non può. Ha smesso.»

«Lo so da me, cazzo. Hai preso il numero di targa?»

«Certo» rispose Said.

«Gli auguro di averlo rubato, quel motorino.» Sorrise. «Glielo auguro di cuore.» Poi, con uno strattone violento, staccò del tutto lo specchietto e lo lanciò a infrangersi sull'asfalto.

Gli toccava un'altra volta tenere in ordine il cortile.

3

Diego abbandonò la provinciale per prendere una strada sterrata che conduceva all'ingresso di uno sfasciacarrozze. Tutto intorno, rottami di auto a perdita d'occhio e più indietro, verso il GRA, enormi tralicci dell'alta tensione che luccicavano sotto il sole battente. Su un lato dello spiazzo sorgeva una baracca. Diego parcheggiò il motorino e la raggiunse a piedi. Teneva in mano un retrovisore: gli era caduto addosso e aveva deciso di conservarlo come trofeo.

Seduto sulla veranda, dietro una cattedra in formica verde di quelle che si usano a scuola, sedeva il Pompo. Era un uomo magro sulla sessantina che indossava una tuta blu da meccanico, tirata giù fino alla vita, e una T-shirt che un tempo doveva essere stata bianca. Mangiava pane e formaggio tagliandoli con un coltello a serramanico.

«Guarda chi c'è» disse tra un morso e un rutto. «Che mi vuoi vendere? Uno specchietto? Te posso da' cinque centesimi.»

«Allora me lo tengo» rise Diego. «Pompo, mi serve il tuo furgone per un paio d'ore.» Si asciugò la fronte dal sudore. «Ma come fai con 'sto caldo?»

«Se vuoi una birra non c'è bisogno di fare tutta 'sta scena.»

Diego sorrise e si prese una birra da un frigorifero da campeggio. Il Pompo intanto aveva finito il suo pasto e si stava pulendo le mani con uno straccio lurido. «Col cazzo che te lo presto. Non voglio che tu lo usi per qualcuna delle tue.»

«Devo solo andare a prendere un letto.»

«Il tuo non ti va più bene?»

«Asia ne vuole uno nuovo.» Il Pompo lo fissò. «Andiamo a vivere assieme.»

«Non ci posso credere. Ti sei fatto incastrare.»

«È una mia decisione.»

Il Pompo rise. «Seee, figurati. Lo so come sono fatte quelle. Dai retta a me, lascia perdere finché sei giovane. Io mi sono sposato una volta, e ancora me ne pento.»

«Non sapevo che avessi una moglie.» Diego conosceva il Pompo sin da bambino e non lo aveva mai visto con una donna. Aveva sempre pensato che gli bastassero i motori.

«Non lo sa neanche lei. Chissà dov'è finita.» Il Pompo guardò Diego con finta tristezza. «Vabbe', mi hai commosso. Piglialo. Ma non me lo graffiare.»

Diego si voltò a guardare il furgone parcheggiato al sole, un Ducato di almeno vent'anni, con la vernice tutta scrostata e le gomme lisce. «Stai parlando di quella vecchia carretta?»

«Vecchia carretta che funziona come un orologio. Dài, muoviti, che stasera me serve.»

Si batterono il cinque. «Il motorino me lo riprendo dopo. Non me lo smontare, eh?»

Il Pompo si finse indignato. «Per chi mi hai preso?»

4

A Silvio Cola piacevano le cose belle: i bei vestiti, le belle auto, le belle donne. Peccato che per averle occorressero più soldi di quelli che si potevano guadagnare con uno stipendio da ispettore di polizia, anche con vent'anni di anzianità di servizio. Ma non era un problema se ci si dava da fare, e Cola era un mago nell'arte di arrangiarsi. Il suo stile di vita era fonte di chiacchiere al commissariato, ma nessuno dei suoi colleghi, fino a quel momento, aveva mai osato andare al di là di qualche occhiata dura o di una battuta detta sottovoce al suo passaggio. Nessuno voleva averlo come nemico, e Cola sapeva essere generoso con chi chiudeva un occhio.

Seduto sul bordo del letto, terminò di allacciarsi le Church's che si era comprato il giorno prima, e si disse ancora una volta che facevano proprio per lui. Distinte, senza essere appariscenti. Come il suo abito Armani, che gli allargava le spalle quel tanto che bastava, e nascondeva perfettamente la pistola che portava nella fondina alla cintura. Non girava mai disarmato, a differenza dei pivelli che la tenevano sempre in cassaforte. Lui in cassaforte preferiva tenerci i soldi extra.

La donna sul letto si mosse per accarezzargli la testa, facendo scivolare il lenzuolo lungo il corpo scuro. Cola si spostò infastidito, lisciandosi i capelli fuori posto. «È ora che te ne vai» disse senza guardarla.

La donna uscì dalle lenzuola, e Cola pensò che avrebbe potuto essere una modella, in un'altra vita. Invece di una puttana.

«Posso usare il tuo bagno?» chiese in buon italiano, nonostante il forte accento.

«Pensi di essere in albergo? Usa quello di casa tua.»

La donna non se la prese, e cominciò a raccogliere da terra i vestiti, infilandoseli in fretta. «Allora mi aiuti con il permesso di soggiorno?»

«Non ti preoccupare.»

«Perché il tuo collega ha detto...»

Cola si alzò di scatto e l'afferrò per un braccio, torcendo la carne morbida con cattiveria. «Ti ho detto di non preoccuparti. Sono io quello che comanda, hai capito?»

La donna spalancò gli occhi, impaurita. «Sì, certo... scusa.»

Cola strinse ancora per qualche istante, godendosi la sottomissione di lei. Poi smise perché il cellulare suonava. La donna approfittò della sua distrazione per scivolare via. Cola aspettò di sentire la porta d'ingresso che sbatteva prima di rispondere. Conosceva bene il numero sul display, anche se per prudenza non lo aveva memorizzato nella rubrica.

Il Primario non salutò nemmeno. «Devi rintracciarmi il proprietario di uno scooter.»

«Perché?» chiese Cola senza pensare. Si accorse immediatamente dell'errore, ma era troppo tardi.

Il tono del Primario divenne gelido. Mortalmente gelido. «E da quando tu mi fai delle domande?»

«Scusi.»

«O forse pensi che ti devo rendere conto di quello che faccio. È così? È quello che pensi?»

«Ho parlato senza pensare. Sono un po' stanco...»

«Poverino. Sei stanco... Troppo stanco per darmi una mano? Troppo stanco per avere ancora a che fare con me?»

«No.» A Cola girava la testa. «Ha la targa dello scooter?»

«Secondo te, ti chiamo senza avere la targa? Ma che ti succede, Cola? Stai perdendo colpi?»

Cola non disse nulla. Si sentiva sull'orlo del baratro.

Il Primario rimase in silenzio per qualche istante. «AG764RR» disse poi. «E mi serve per prima di subito.»

«Farò del mio meglio, ma Petacchi oggi è in servizio. E devo stare attento quando c'è lui.»

«Così però non mi sei utile, Cola» disse il Primario. «E sai come la penso sulle persone inutili.»

Cola sospirò. «Domani avrà quel nome. Promesso.»

«Non mi deludere.»

Il Primario tolse la comunicazione e Cola si sedette sul letto. Di colpo, non si sentiva più tanto furbo.

5

Il bar di Renato era scalcinato e le bevande annacquate. Ma era un posto tranquillo, dove nessuno faceva storie se i ragazzi si accendevano una canna in cortile o scommettevano soldi sulle partite a biliardo. E ci potevi trovare di tutto, se sapevi a chi chiedere, da un iPod "caduto" da un camion a un Rolex quasi vero: Diego passava più tempo lì che a casa propria.

Mentre parcheggiava il furgone, vide seduti a uno dei tavolini sotto il pergolato Puccio e Unca, due dei suoi migliori amici, a bersi l'aperitivo. Non avrebbero potuto essere più differenti tra loro. Puccio era un bel ragazzo, vestito firmato dalla testa ai piedi, e si manteneva vendendo fumo ai suoi compagni di università. Unca, invece, era un rumeno che viveva in una specie di baraccopoli ai margini della città, e sembrava proprio quello che era, un clandestino senza permesso di soggiorno. Si arrangiava come poteva, ma era troppo buono per fare i lavori sporchi che spesso gli offrivano: per lo più scaricava cassette al mercato ortofrutticolo. Al biliardino stavano giocando due ragazzi di sedici anni. Samuele, il fisico esile, era il fratello minore di Asia. Il suo amico, Palletta, aveva il viso pieno di lentiggini e gli occhi chiari.

Samuele si preparò per il tiro. «Arriva il missile...»

La pallina sbatté sulla sponda e come un razzo tornò indietro per infilarsi nella sua stessa porta.

«Hai un culo pazzesco!» disse a Palletta.

«Guarda che ti sbagli, è tua sorella che ce l'ha pazzesco.»

Diego interruppe la partita lanciando il trofeo sul biliardino. I due ragazzi guardarono prima lo specchietto poi il viso minaccioso di Diego. «Che dicevi del culo di Asia, Palletta?»

«Niente...» rispose il ragazzino, imbarazzato.

«Ma davvero?» Diego si voltò verso il bar. «Asia!» urlò. Dalla porta del bar uscì una ragazza con un fisico da velina. Indossava una maglietta corta, che le scopriva l'ombelico con il piercing, e dei fuseaux bianchi molto sexy. Corse verso Diego e gli diede un bacio sulle labbra. «È una vita che ti aspetto.»

«Ho una sorpresa per te. Ma prima sistemiamo una piccola questione. Voltati.»

«Come?»

«Su, tesoro. Voltati un attimo.»

Asia obbedì. Diego indicò il fondoschiena della ragazza. «Lo vedi questo?» disse severo a Palletta.

Asia si girò. «E dài!»

«L'hai visto?» proseguì Diego.

Palletta annuì, visibilmente a disagio.

«Solo io posso parlare di questo culo, ci siamo capiti?»

Palletta annuì di nuovo.

«Bene. Uomo avvisato, mezzo salvato.» Poi sorrise, si avvicinò al tavolo di Puccio e Unca e afferrò una delle bottigliette di birra mezze piene. «Ragazzi, ho un annuncio da farvi.»

Tutti lo guardarono, mentre Asia scuoteva la testa.

«Da oggi io e Asia viviamo assieme. Quindi, fateci gli auguri.»

Tutti sorrisero, tranne Samuele, che guardò la sorella con il volto scuro. «Non me l'avevi detto.»

«Dovevo chiederti il permesso?» rispose lei.

«Forse era meglio» disse Samuele sottovoce.

Puccio alzò il bicchiere «Alla convivenza allora!» gridò. Unca applaudì.

Poi Diego prese a braccetto Asia. «Vieni che ti faccio vedere una sorpresa.»

Condusse Asia al furgone e aprì il portellone. Nel vano di carico c'era un letto Ikea nel suo scatolone, nuovo di zecca. Asia batté le mani felice, poi lesse l'etichetta e il suo viso prese un'espressione perplessa. «È il più caro di tutti. L'ho visto sul catalogo.»

Diego le diede un bacio. «Mi piaceva.»

«E come l'hai pagato?»

Diego non disse nulla. Asia si allontanò di un passo. «Non l'hai pagato, vero?»

«Che importanza ha?»

«Ce l'ha per me. E se vuoi che tra di noi le cose funzionino, non puoi tagliarmi fuori da quello che fai. Allora?»

Diego sbuffò. «C'erano due tizi al negozio che lo stavano caricando in auto, mi sono offerto di dare loro una mano...»

«E adesso loro dormiranno sul pavimento, giusto?»

«Se ne saranno comprato un altro. Avevano i soldi che gli uscivano dalle orecchie.»

Asia allacciò le braccia sul petto, serissima. «Non mi va, Diego. Non voglio passare il tempo con la paura che la polizia ti venga a prendere. Non lo sopporterei.»

Diego si avvicinò a lei e l'abbracciò. «È l'ultima volta, promesso.»

«Ci devo credere?»

Lui la fissò negli occhi, serio. «Per te sono disposto a fare tutto. Non dimenticarlo mai».

Lei sospirò, poi lo abbracciò stretto. «Gli altri mobili ce li compriamo, però.»

Si baciarono. «Andiamo a casa?» chiese Diego.

Asia scosse la testa. «Mi ha chiamato Stefano. Devo lavorare al ristorante, stasera.»

«Quello mi sta proprio sul cazzo.»

«Ma no, è carino…»

«Ma perché non ti trovi un altro posto?»

«In due è l'unico lavoro che abbiamo. Te lo sei dimenticato?»

Diego guardò lontano. «Mi sto organizzando.»

«Guarda che mio padre è stato chiaro. L'affitto me lo paga per sei mesi, poi…»

«Poi mi inventerò qualcosa…»

«Perché non torni a fare il pony?»

«No guarda, tutto il giorno a quattro zampe, con i ragazzini sopra, è umiliante dài».

Asia scoppiò a ridere. «Deficiente…»

«Comunque provo da Walter. La settimana scorsa mi aveva chiesto se lo aiutavo al bar. Non sarà un granché ma per iniziare…»

Asia gli diede un altro bacio. «Sono fiera di te.»

«E adesso chi mi dà una mano a montare 'st'affare con le istruzioni in svedese?»

Asia gli si avvicinò all'orecchio sensuale. «Fammelo trovare pronto quando torno stanotte e non te ne pentirai.»

6

Il Primario osservava la Roma notturna attraverso il vetro del finestrino, il volto cupo.

«Lo sa perché gli americani li chiamano gringo?» disse Said al volante.

Il Primario si riscosse. «Che c'entra adesso?»

«Niente... ma sono stufo di vederla con la faccia incazzata. Cerco di fare due chiacchiere.»

Il Primario fece un mezzo sorriso. «Se tu non fossi tu, ti avrei già sparato in testa.»

«La ringrazio per la comprensione. Allora, lo vuole sapere?»

«Mi sembra di non avere scelta. Su, sentiamo.»

Said sorrise soddisfatto sotto gli occhiali a specchio. Li portava praticamente sempre, anche di notte. «Come saprà, l'esercito americano ha le divise verdi... Be', durante la rivoluzione di Pancho Villa i messicani, con quelle due parole di inglese che conoscevano, li scacciavano dicendo "green go home".»

«E poi?»

«Da lì gringo» concluse Said. «E quindi oggi tutti diciamo gringo...»

«Finita qui la storia?»

«Sì.»

«Tutta questa cultura mi ha fatto venire fame. Fermati in una trattoria.»

«La porto al solito posto?»

«No, non voglio aspettare.» Dal finestrino dell'auto videro scorrere le vetrine illuminate di una trattoria. Il Primario giudicò che fosse sufficientemente decorosa. «Fermati qui, dài.»

Said parcheggiò in divieto di sosta, poi fece strada al Primario. Entrava sempre per primo nei locali, e si sedeva sempre in modo da poter guardare la porta. L'ambiente del ristorante era informale, con tavoli di legno massiccio e tovaglie a scacchi. Nell'aria si sentiva profumo di arrosto e fritto. Said guardò interrogativo il suo capo, che fece un rapido cenno di assenso.

Scelsero un tavolo isolato. Mentre il Primario si sistemava con cura il tovagliolo sulle ginocchia e richiamava il padrone con un gesto imperioso, Said uscì a fumarsi di nascosto una sigaretta, lontano dagli occhi del suo capo che non avrebbe gradito, in astinenza com'era.

«Che cosa le porto di buono?» chiese il padrone.

Il Primario lo fissò. «È italiano il cuoco?»

«Sono io il cuoco, da noi niente africani. Da quando in qua quei selvaggi sanno cucinare?»

In quel momento, dalle spalle di Stefano sbucò Said. Il padrone sbiancò. «Le mando la cameriera.»

Il Primario lo osservò scappare verso la cucina. «Che stronzo!»

«Cambiamo locale?» chiese Said.

«Piuttosto lo brucio.»

«Allora, cosa vi posso servire?» chiese una voce allegra.

Il Primario guardò la cameriera, rischiarandosi un poco. Forse in quella fogna c'era qualcosa di buono, dopo tutto. «Comincia con il tuo nome. E magari dopo il numero di telefono.»

«Il numero purtroppo è riservato.» Sorrise lei. «Ma il nome è facile da ricordare. Mi chiamo Asia.»

7

La stanza da letto era tanto spaziosa quanto disadorna, illuminata solo da una lampadina nuda che penzolava dal soffitto. Diego, in piedi appoggiato a una parete, aveva tirato fuori le istruzioni dal cartone e le stava studiando.

Puccio e Unca presero dalla scatola i pezzi che dovevano comporre il letto. Unca cercò di incastrare tra loro due legni senza fortuna.

«Devi levigare l'*antinico*...» disse Puccio.

Unca guardò l'amico interrogativo. «Eh?»

«'Sto cazzo!»

«Ma non puoi cascarci sempre» disse Diego senza distogliere gli occhi dalle istruzioni. E doveva essere una cosa *semplice*?

«Non piace questo gioco» disse Unca, frustrato.

«Non è difficile» spiegò Diego. «Se qualcuno ti dice qualcosa che non capisci rispondigli quello che ti pare, ma non "eh"...»

Unca lo fissò senza espressione. «Ma io mai capisco.»

«E allora non dire mai "eh".»

«E questa casa la paga allora il padre di Asia?» chiese Puccio rollandosi una canna.

«Solo per sei mesi» rispose Diego. «Poi sono cazzi nostri.»

«E tuo padre? Non pagare niente?» chiese Unca.

Diego si fece scuro. «Come no... i *mecozzi*.»

«Eh?» disse Unca. Poi si batté una mano sulla fronte. Puccio rise.

8

Asia osservava la sala dalla porta della cucina. «Chi sono quei due?» chiese a Stefano, indicando la strana coppia formata da quel bianco benvestito e da quel nero gigantesco, seduta al tavolo d'angolo.

Il padrone scosse la testa, asciugandosi il sudore dalla fronte con un tovagliolo. «Non lo so, ma mi sembra che sia meglio non farli incazzare.»

«Non mi piacciono.»

«Oh, bella, non sei qui per giudicare i clienti. L'importante è che paghino il conto.»

«Già...»

Il nero con gli occhiali a specchio alzò un braccio e gridò: «Cameriera. Il vino!».

«Datti una mossa» disse Stefano, passandole una bottiglia.

Asia sospirò e uscì dalla cucina. Si avvicinò al tavolo, cercando di non incrociare lo sguardo di nessuno dei due. Non era la prima volta che un cliente la spogliava con gli occhi, ma non si era mai sentita così a disagio. Cercò di mantenere il sorriso mentre stappava la bottiglia e riempiva il bicchiere. Il bianco benvestito si piegò per guardarle il sedere.

«Le piace?» chiese Asia.

L'uomo la fissò negli occhi. Asia resistette all'impulso di voltarsi e andarsene.

«Non lo so. Non l'ho ancora assaggiato.»

«Lo assaggi allora» disse lei.

«Non perdi tempo tu, eh?»

Asia si sforzò di sorridere. «Parlo del vino.»

«Quello fa schifo.»

«Oh, che peccato.»

«Magari mi puoi proporre tu qualcosa extra menu.»

Asia si impegnò a trattenere la rabbia. «Non credo. Secondo me ha gusti troppo difficili.»

«Questo è vero. Ma stasera mi posso accontentare.»

«Lei forse. Io invece no.»

Sul tavolo calò il gelo. Il nero guardò il bianco con uno sguardo interrogativo, il bianco scosse la testa. «Porta via questo veleno.»

«Ok.»

Asia si allontanò sentendo lo sguardo dei due sulla schiena. Non vedeva l'ora che quella serata finisse. Forse aveva ragione Diego, doveva cercarsi un altro lavoro.

9

Il letto era stato montato, nel bene o nel male. Una gamba sembrava più corta delle altre e non era perfettamente in piano, ma i ragazzi si considerarono soddisfatti. Mentre Unca scendeva rumorosamente le scale, Puccio si fermò per qualche istante sulla soglia. Gli dispiaceva vedere l'amico di cattivo umore.

«Unca non voleva fare lo spiritoso, prima» disse Puccio. «Davvero non sa di tuo padre. Non gliel'ho mai raccontato.»

Diego si accese una sigaretta. «Continua a non farlo, allora. Meno se ne parla, più sono contento.»

«Quanti anni sono passati: dieci, quindici?»

«Dodici.»

«E sei ancora incazzato.»

«Lo sarò sempre. Vedi, andandosene mio padre mi ha insegnato una cosa. Che ci sono due tipi di persone al mondo: quelli con le palle e quelli senza. Lui non le aveva, per questo ha lasciato me e mamma nella merda. Ma voglio tenermelo sempre bene a mente, sai perché?»

«Perché non vuoi diventare come lui» disse Puccio.

«Proprio così. Ma non sono arrabbiato con Unca, Puccio. Sono solo preoccupato per...» indicò l'appartamento dietro di lui. «Per tutto questo.»

«La vita di coppia.»

«Voglio che Asia abbia solo il meglio dalla vita, invece lei adesso si sta facendo il culo in un ristorante di merda per pagare l'affitto. Non è così che deve andare.»

Puccio sorrise. «Ti inventerai qualcosa. E, comunque, sempre meglio che scopare in macchina.»

Diego finse di tirargli un pugno nello stomaco, e Puccio arretrò. «Come non detto. Starà tornando, meglio che vada. Avrete fretta di provarlo, quel letto.»

Diego guardò l'orologio. Asia doveva essere già sulla via del ritorno.

10

Stefano aveva abbassato a metà le saracinesche e i clienti se ne erano andati tutti. Tutti, tranne quei due che le davano i brividi. Asia prese tempo ritirando i cestini del pane, poi si decise ad andare al loro tavolo.

«Stiamo chiudendo» disse. «Se per favore potete accomodarvi alla cassa...»

Il bianco benvestito alzò lo sguardo su di lei. Sembrava divertito. «C'è qualche problema?»

«No... tutto ok... solo che...»

Il nero la interruppe. «Sai perché si dice "ok"?»

«No, non lo so, ma...»

L'altro alzò una mano. «Ascolta. Il mio amico Said conosce un sacco di belle storie. Puoi imparare qualcosa.»

Come avesse aspettato il via, il nero cominciò a raccontare. «Durante la guerra di secessione americana, tornati dalla battaglia, i soldati scrivevano su ogni tenda il numero dei morti...»

L'altro, intanto, non staccava gli occhi da lei.

«Quando non c'erano stati morti, sulla tenda scrivevano "zero K" che è l'abbreviazione di "zero killed", da lì ok è diventato sinonimo di "tutto a posto" e da allora tutti diciamo "occhei". Ti è piaciuta, ragazzina?»

«Sì. Però adesso, per favore...»

Il bianco allungò una mano e le afferrò il polso. «Purtroppo, per te non è tutto a posto, non stasera. Said, occupati del padrone.»

Il nero si alzò ed estrasse una pistola, e la puntò contro Stefano.

«Non fatemi del male!» gridò lui lasciando cadere un piatto. «Prendete tutto quello che volete.»

«Oh, lo faremo» disse il nero. «Lo faremo eccome. Tu cuoco, abbassa le saracinesche, muoviti!»

Il bianco torse il polso di Asia. Il dolore fu tremendo e non potè resistere. Gridò. «Mi fa male!»

«In ginocchio, troia.»

Il dolore era accecante. Asia cadde sulle ginocchia pensando: "Non può accadere a me, non può".

Sempre tenendola per il polso, l'uomo cominciò a sbottonarsi i pantaloni con la mano libera. «Adesso, ragazzina, tocca a me insegnarti qualcosa.»

Violenza

1

Diego si rizzò a sedere, sentendo la porta di casa che si apriva. Accese la luce. Asia era sulla soglia della camera, l'espressione smarrita.

«Ti pare questa l'ora di tornare, cazzo?» sbottò.

Asia non disse nulla. Barcollò, poi cadde sul pavimento. Diego corse a raccoglierla e la distese sul letto. «Asia!» Le diede un piccolo schiaffo sulla guancia.

La ragazza aprì gli occhi. «Diego...»

«Che cosa è successo? Stai male, devo chiamare un dottore?» Solo allora vide i segni sul collo. E la chiazza di sangue secco sui pantaloni. «Che cosa ti hanno fatto, Asia?» mormorò.

Lei chiuse di nuovo gli occhi e cominciò a piangere. «Mi hanno violentata, Diego. Mi hanno...» non riuscì a continuare. Diego si prese il viso tra le mani.

Nelle ore seguenti riuscì a far cambiare di abito la ragazza, e l'aiutò a pulirsi dal sangue. Poi le fece bere qualche sorso di acqua minerale. Lei allora vomitò, e lui la pulì nuovamente. Verso l'alba, Asia cominciò a parlare di nuovo. A frasi smozzicate raccontò quello che era successo. L'avevano violentata tutti e due, il bianco e il nero, ridendo alle sue grida di dolore.

Poi se ne erano andati, minacciando con la pistola sia lei sia il padrone. «Se non volete rivederci» aveva detto il nero «è meglio che questa cosa rimanga tra noi.»

Diego era sul punto di scoppiare. «E quello stronzo del principale tuo non ha mosso un dito?»

Asia ondeggiò leggermente in su e in giù, chiusa a riccio, le gambe piegate sul petto. «No» sussurrò.

«Sai chi sono, come si chiamano?»

«Il nero si chiama Said… mi pare.»

Diego scoprì di non riuscire a guardare la sua fidanzata. Non ci riusciva. Portò gli occhi alla finestra: cominciava a rischiarare. «Avete fatto bene a non chiamare la polizia» disse. Non sembrava nemmeno la sua voce.

«Perché?» Asia alzò la testa e cercò lo sguardo di Diego, che continuava a darle le spalle. «Non so che hai in testa, ma ti prego, lascia perdere» disse.

Diego si voltò. Vide che i segni sul collo di Asia si erano fatti lividi. «Adesso tu vai a farti vedere dal dottore e non dici una parola a nessuno di questa storia» disse. Poi le si avvicinò e le sollevò il viso con una mano, i loro occhi si incrociarono di nuovo. Sapeva che Asia avrebbe voluto una carezza, una parola di conforto. Ma non ci riusciva. «A nessuno… ci siamo capiti?»

Asia annuì.

«Brava.» Diego si rialzò.

«Dove vai?»

«Stai tranquilla. Voglio solo capire chi è questa gente.»

Diego aprì la porta sentendo lo sguardo di Asia sulla schiena. Strinse forte i denti e uscì, lasciandola sola.

Asia rimase chiusa intorno al suo corpo e al suo dolore.

2

L'ufficio del Primario era un grande open space con le pareti a vetri, all'ultimo piano di un grattacielo alla periferia di Roma. Al centro della grande sala quasi interamente bianca, mobili compresi, troneggiava il grande plastico di un quartiere residenziale tutto villette, prati e laghetti. Sarebbe sorto nell'arco di cinque anni, e il Primario lo considerava il suo capolavoro, quello per cui un giorno sarebbe stato ricordato. Una città nella città, a sua immagine a somiglianza. Quasi tutto quello che aveva fatto negli ultimi anni era servito a finanziare il progetto, e non erano che agli inizi. Seduto sul divano di pelle, armeggiò con il telecomando dello schermo al plasma appeso a una parete. «Trecento canali e non c'è un cazzo di interessante.» Gettò il telecomando sul tappeto.

Said, in piedi davanti a una delle finestre, scosse la testa. «Credo che dipenda dal suo umore, più che dalla programmazione. Perché ci tiene tanto a quel tizio in motorino?»

Il Primario si lasciò andare contro lo schienale e chiuse gli occhi. Desiderava una sigaretta come un tossico l'eroina. Forse di più. «Cosa vedi lì fuori Said?»

«Il solito traffico.»

«Sbagliato! Quello che vedi è cemento armato. Niente cartoline per giapponesi, niente monumenti, niente chiese antiche, niente Colosseo... solo cemento armato. Da Casal Bruciato a Pietralata, e giù seguendo la Tiburtina fino a San Basilio, e poi più a nord verso Fidene e Prima Porta... La vera Roma è questa.»

«Vero.»

«Io voglio che tutti, quando passo in mezzo a quei palazzi, sappiano che è roba mia e che non deve essere schiacciata una mosca senza che io lo sappia. Mi segui?»

«Sì.»

«E dimmi... secondo te posso continuare a farmi rispettare se uno stronzetto qualunque si permette di rovinarmi la macchina nuova?»

«Ho afferrato il punto. Se serve per tirarle su il morale, posso dirle però che con il carico è tutto a posto.»

Il viso del Primario si rianimò. «La coca?»

«Sissignore. I ragazzi giù al porto di Civitavecchia l'hanno già controllata. Cento chili, purissima.»

«Bene. Bene.»

La coca era arrivata via nave, ma quella era stata la parte più facile. Il difficile era farla uscire dal porto, come ben sapevano le decine di piccoli trafficanti che approdavano in Lazio ogni anno dalla Spagna e dal Medioriente, e che venivano arrestati dalla guardia di Finanza. Camorra e 'ndrangheta usavano altre vie e trattavano quantitativi molto più elevati, ma il Primario era un indipendente. Per lui, la droga era solo uno dei tanti modi per far crescere il cemento armato, non faceva affari con le cosche e non pestava loro i piedi. Ma non poteva usare neppure i loro canali. Aprì gli occhi. «È meglio se quello stronzo di Cola si fa sentire presto...»

3

"Quello stronzo di Cola" al momento stava parcheggiando la sua Mercedes tirata a lucido nella zona riservata sul marciapiede del commissariato, godendosi lo sguardo ammirato del piantone.

«Hai vinto alla lotteria, Silvio?» gli disse questi mentre l'ispettore lo superava per entrare nell'edificio.

«Se non giochi non vinci, bello.»

Il suo ufficio era al primo piano, ma Cola camminò svelto fino al reparto informatico. Di turno c'era una poliziotta che conosceva di vista, e Cola si rassicurò. Non avrebbe fatto storie. La salutò allegro, poi le porse il foglietto dove aveva segnato la targa del motorino.

«Me la puoi controllare, per favore?»

La poliziotta alzò gli occhi dal video. «Puoi farlo dal tuo terminale.»

«Ho problemi con la password, non ho capito che cosa sia successo». Era una menzogna, naturalmente. Tutte le ricerche al terminale erano memorizzate, e

Cola non voleva lasciare tracce, non quando c'era di mezzo il Primario.

«Staranno aggiornando il software, fammi vedere. AG764RR. Ok.»

La poliziotta inserì i dati ed ebbe subito la risposta. «C'è una denuncia di furto per questo ciclomotore. L'hanno inoltrata al commissariato di San Lorenzo una settimana fa. L'hai trovato tu?»

«No... è per un'altra cosa. Grazie.»

«Quale cosa, se non sono indiscreto?» chiese una voce maschile dietro di lui. Cola si voltò.

Il commissario Petacchi, naturalmente, peggio di un foruncolo al culo. Petacchi aveva qualche anno più di Cola, e le sue prospettive di carriera erano ferme da tempo immemorabile. Troppo fesso, secondo Cola, troppo poco diplomatico secondo altri. Petacchi si vantava di essere incorruttibile e da quello che Cola sapeva, era tristemente vero. Gli stava addosso da quando lo avevano trasferito, e con lui Cola era costretto a muoversi come se camminasse sulle uova.

Si sforzò di sorridere.

«Buongiorno dottore, nulla, stavo facendo un favore a un amico» disse.

L'altro lo guardò di sbieco. «Capisco...» E da come lo disse, capiva davvero. «Vai a prendere l'auto e aspettami giù che abbiamo da lavorare».

«Ma come, faccio coppia con lei?» disse Cola, mentre il cuore gli scendeva nelle scarpe.

«Ti dispiace?»

«No, ma... Lorenzetti?»

«È a un corso d'aggiornamento. Muoviti che siamo già in ritardo.»

Cola annuì è uscì dalla stanza con la faccia scura. Petacchi lo seguì con lo sguardo fino a vederlo scomparire dietro il muro, poi si rivolse all'agente al terminale.

«Stampami una copia di questa denuncia e portala nel mio ufficio.»

«Sì dottore.»

4

In attesa di Petacchi, dal parcheggio Cola chiamò il Primario. Questi rispose al cordless senza distogliere gli occhi dal telegiornale. Ci teneva a essere sempre informato.

«Il motorino è rubato» disse Cola.

«E non sai da chi?»

«Mi scusi, ma ne rubano mille alla settimana a Roma, come si fa?»

«Si fa se si vuole» disse il Primario a denti stretti. «Ma parliamo d'altro, per ora. Devi andare a ritirare il "pacco".»

Cola esitò a lungo. «Non oggi» disse poi, con un filo di voce.

Il Primario rimase in silenzio per alcuni secondi. «Spiegati» sibilò poi.

«Petacchi mi ha messo in coppia con lui e oggi non posso muovermi. Anzi, sta arrivando. Scusi ma la devo lasciare.»

Il Primario interruppe la comunicazione e chiuse per un istante gli occhi. «Quell'insignificante pezzo di merda» mormorò.

«Cos'è successo?» chiese Said, preoccupato.

«È successo che un quintale di coca ha attraversato l'oceano e ora, per colpa di quella merda in divisa, non posso fargli fare cento fottuti chilometri.»

«Dico ai ragazzi di aspettare?»

«Certo. E che gli vuoi dire... Cola però non la passa liscia, stavolta.»

«Vado a fargli una visita?» Said desiderava da sempre far calare la spocchia allo sbirro.

Il Primario scosse la testa. «No. Ancora mi...» S'interruppe. Al telegiornale era partito un servizio su un rogo di auto avvenuto nella notte a Roma. Gli inquirenti cercavano una banda di teppisti, probabilmente minorenni.

Il Primario sorrise per la prima volta nella giornata. «Said, chiamami Cima» disse.

5

Il Pompo stava trafficando nel cofano di una vecchio maggiolino quando sentì il rumore di un motorino che si avvicinava. Era Diego. "Strano" pensò. Non aveva visto il ragazzo per mesi, e adesso si faceva vivo due volte a distanza ravvicinata. Lo salutò con la mano sporca di grasso.

Diego spense il motorino e lo appoggiò a una vecchia carcassa. Aveva il volto teso.

«Ti serve il furgone un'altra volta?» chiese il Pompo, sicuro che la risposta sarebbe stata negativa. Il ragazzo covava qualcosa.

Infatti Diego scosse la testa. «No... voglio vendere lo scooter.»

«Non è tuo, eh...?»

Diego alzò le spalle, la mente altrove.

«Pensavo che avessi smesso de fa' gli impicci. Cos'era la storia: metto la testa a posto?» disse il Pompo.

«È capitato...»

«E se t'arrestano 'n'altra volta poi, a tua madre c'hai pensato? A quella le viene un colpo.»

«Se volevo la predica andavo in chiesa, Pompo.»

«Tuo padre non ha rubato uno spillo in vita sua, eppure non vi ha mai fatto mancare niente.»

«Fino a che gli ha fatto comodo, poi, chi s'è visto s'è visto» disse Diego, rabbioso.

Il Pompo sospirò. «Ti stai sbagliando su tuo padre. Io lo conoscevo bene. Sai che facevamo io e lui tutti i sabati?»

«Non mi interessa, Pompo.»

«Andavamo a pesca. E poi venivamo qua allo sfascio e facevamo la brace dentro il cofano di un transit. Mario non parlava molto, non era un gran chiacchierone, ma se diceva due parole erano per te e per tua madre. Ve voleva bene.»

«E allora perché è sparito?»

Il Pompo abbassò gli occhi. «Non lo so, Diego. Ma deve aver avuto un buon motivo. E dovunque sia, adesso ve rimpiange. Ne sono sicuro.»

«E a me non interessa.» Voltò le spalle al Pompo e fece per dirigersi verso lo scooter.

«Dove cazzo vai? Dài, fammi vedere questo bolide.» Il Pompo esaminò lo scooter. «Certo che è proprio messo male. L'hai rubato ai musei vaticani?» Diede un colpetto alla marmitta con la punta del piede. «Ti posso dare duecento euro.»

«Non saranno troppi?» disse Diego.

«Guarda che te sto a fa' un favore.»

Diego porse la mano aperta e il Pompo vi depositò quattro biglietti da cinquanta unti e bisunti estratti dalla tasca della tuta. Diego non avrebbe voluto coinvolgere il Pompo, ma era la persona giusta per cominciare la sua ricerca. «Senti» disse dopo un attimo d'esitazione «lo conosci uno che si porta dietro un nero come guardia del corpo? Il nero si chiama Said. L'altro è un bianco piccoletto con la barba.»

Il Pompo fece una smorfia. «E tu che c'hai da spartire con quelli?»

«Niente, li ho visti girare l'altro giorno per il quartiere.»

«Ecco bravo, continua a guardarli da lontano» disse serio il Pompo.

«Ma perché? Chi sono?»

«Said è uno pericoloso, ma niente in confronto al suo capo, il bianco. Lo chiamano il Primario. È un palazzinaro, ma i soldi li ha fatti con la roba.»

«Che cazzo di nome. Perché il Primario?»

«Dicono, ma nun so se è vero, che da giovane lavorava in un ospedale. Poi è venuto a Roma a fare gli affari suoi. E chi gli s'è messo di traverso s'è prematuramente estinto, mi sono spiegato?»

Diego si mise i soldi in tasca e annuì. «Alla prossima» disse, avviandosi a piedi verso lo sterrato. Avrebbe preso l'autobus poco lontano.

«Non so che affari c'hai con lui, Diego, ma dammi retta. Stagli lontano. È la cosa più intelligente che puoi fare» gli gridò dietro il Pompo.

Diego continuò a camminare, senza voltarsi.

6

Il Primario ricevette Cima a tavola, mentre addentava avidamente una coscia di pollo. Da quando aveva smesso di fumare era ingrassato di cinque chili e aveva sempre fame.

Cima era quello che il Primario definiva un ratto di fogna. Cattivo, con lunghi denti per mordere, che si doveva usare ma tenere a distanza. Era sui cinquant'anni, vestito di nero, con gelidi occhi chiari e capelli pettinati con la riga. Al collo portava una catena d'oro con la testa del duce come ciondolo. Quando entrò stava fumando, ma spense subito la sigaretta sotto lo sguardo del Primario.

«Scusa, a questa storia del fumo mi ci devo ancora abituare. Che ti serve?» chiese.

«Due ragazzi per un lavoretto. Ma non i soliti. Qualsiasi cosa succede, non voglio che siano riconducibili a noi.»

«Che genere di lavoretto?»

«Fiamme. Un po' di auto, tra cui una in particolare. Quella di Cola.»

Cima fece un mezzo sorriso. «Lo sbirro? Ma non eravamo amici?»

«Ma che amici... Fallo stanotte al massimo.»

«Allora devo cercare qualcuno di nuovo. Senti... già che ci siamo. I ragazzi aspettano la coca. Abbiamo un elenco di clienti da sistemare.»

«Sta arrivando» disse il Primario a denti stretti.

«Perché sai, se un cliente non si rifornisce da noi, mica sta senza. Va da qualcun altro.»

Il Primario lasciò cadere nel piatto la coscia di pollo. «Ho detto che sta arrivando. Adesso vattene.»

Cima chinò il capo in segno di saluto e uscì accompagnato da Said. Il Primario, rimasto da solo, aprì di scatto un cassetto della scrivania, afferrò un pacchetto di sigarette. Lo guardò con desiderio per qualche istante, poi lo accartocciò e lo gettò lontano.

7

Era tardo pomeriggio quando Diego raggiunse la sua nuova casa. Già da lontano intravide una figura sotto il suo portone: Samuele. Diego non lo avrebbe incontrato volentieri in nessun giorno dell'anno, figuriamoci oggi. Samuele gli si parò davanti, il volto nero di rabbia.

«Ho visto Asia oggi» disse duro.

«E allora?»

«Fallo un'altra volta e io ti denuncio.»

Diego lo prese per la collottola. «Ma di che parli, ragazzino? Tu studi studi ma non capisci un cazzo!»

«Guarda che non mi fai paura, bastardo» disse Samuele con un tremito nella voce. «Mia sorella non la devi toccare, hai capito?»

Diego aumentò la presa. «Se non la pianti, invece di farti paura ti faccio male.»

«È così che le dicevi stanotte? *Ti faccio male?*»

Diego colpì Samuele con un pugno allo stomaco. Samuele si accasciò sulle ginocchia con le mani in grembo, mentre Diego respirava affannosamente riprendendo il controllo. Si inginocchiò e cercò di aiutare il ragazzo a sollevarsi. «Scusa, non volevo...»

L'altro respinse le sue mani e si appoggiò al muro con la schiena, sforzandosi di non vomitare. «Puoi picchiarmi quanto ti pare, ma non cambia niente...» ansimò.

Diego di colpo si sentì stanco. Stanco di tutto. Si sedette a fianco del ragazzino. «Tua sorella stanotte è stata violentata.»

Samuele sgranò gli occhi esterrefatto. «Ma... chi è stato?»

«Due bastardi, nella trattoria dove lavora. Sto cercando di capire chi sono, ma ancora non ci sono riuscito» mentì.

Samuele stava per mettersi a piangere. «Avete avvertito la polizia?»

«Non dire cazzate. Li conosco a quelli. Starebbero lì a dire che magari è stata colpa di Asia, che li ha provocati. Ci penserò io.» Si rialzò. «Adesso vattene a casa e tieni la bocca chiusa. I tuoi non devono saperne niente, è chiaro?»

«Va bene.»

Diego entrò nel portone. Il ragazzino aveva ancora le mani in grembo. I grandi occhi gli si fecero lucidi. Avrebbe voluto salire dalla sorella ma capiva anche che non era il caso. Così rimase a guardare la piazzetta illuminata dagli ultimi raggi del sole. I banchi di frutta avevano già chiuso. Alla fermata dell'autobus c'erano solo un paio di persone. Samuele si sentì piccolo.

8

La sala biliardo di Renato era intasata di fumo, nonostante i cartelli di divieto. Unca e Puccio giocavano,
con grande soddisfazione di quest'ultimo che vinceva
facile.

«Unca, tocca a te. Se bevi ancora cinque punti ho
fatto cappotto» disse Puccio, mettendo il gesso sulla
stecca.

«Io sono Gheorghe, perché tutti mi chiamate Unca?».
Puccio fissò l'amico. «Scusa, quanti capelli hai?»

«Cosa c'entra?»

«In testa c'hai un capello ! Un - ca!»

«Ma vaffanculo.»

Puccio rise. «Certo che il tuo italiano sta miglioran-
do a vista d'occhio.»

Unca fece il suo tiro. Non bevve, questa volta, ma
non fece nemmeno un punto. «E a te perché ti chiamano Puccio?»

Prima che l'amico potesse rispondere, un uomo si
sedette sul bordo del biliardo. Era Cima. «Renato mi
ha detto che sei l'uomo giusto per me» disse a Puccio.

Puccio lo guardò diffidente. «Ah sì?» Poi mosse lo
sguardo verso Renato, appoggiato al bancone. Renato
annuì e Puccio sorrise. «Che ti serve?»

Cima guardò Unca. «In privato.»

«Lui è mio amico. È tranquillo.»

«Te li scegli bene... che è, russo?»

«Rumeno» rispose Unca, piccato.

«Vabbe', tutti qui a farsi i cavoli loro. Ma te sei un bravo ragazzo, eh? Uno che lavora...»

«Dimmi che vuoi» lo interruppe Puccio, che cominciava a scocciarsi.

Cima cambiò registro. «Ci sarebbe da fare una cosina facile facile. Qualche euro ci scappa.»

«Fumo?» chiese Puccio.

Cima sorrise. «In un certo senso. Venite fuori che vi spiego.»

I due amici si guardarono.

9

Per il medico non c'era niente di grave. Solo qualche livido. Ma non aveva creduto affatto alla storia che Asia gli aveva raccontato. Una caduta dal motorino, figurarsi. Sapeva riconoscere i segni di una violenza carnale. Con delicatezza aveva cercato di convincerla a confidarsi con lui, ma Asia era stata irremovibile, continuando a mentire. Alla fine l'anziano dottore si era lavato le mani, senza il coraggio di guardarla in faccia. «Prendi la pillola?» le aveva chiesto.

«Come... sì dottore.»

«Allora ti consiglio di fare un esame del sangue, tra una ventina di giorni, per vedere se è tutto a posto... mi capisci?»

Alludeva all'AIDS, naturalmente. Per qualche motivo, ad Asia non era nemmeno venuto in mente. O forse non le importava.

«Va bene, dottore.»

Sempre senza guardarla, il medico aveva continuato. «Asia, nella mia carriera purtroppo ho visto tante... *cadute dal motorino*. So che il problema più grosso

non è quello fisico. Se sentirai il bisogno di parlarne…
io sono qui.»

«Va tutto bene, dottore» aveva detto Asia. Ma non
era vero. Non poteva esserlo. Adesso a casa cercava
disperatamente di rimanere aggrappata al suo mondo, ma tutto sembrava scivolare via. Tutto le sembrava irreale, finto. E doveva sforzarsi per non correre a
letto e tirarsi le coperte sulla testa, come una bambi-
na, aspettando che tutto tornasse normale. Che tutto
tornasse come *prima*.

«Che c'è?» chiese Diego, seduto al tavolo dietro di
lei. Asia si accorse di essere rimasta ferma con un
piatto lavato in mano, mentre l'acqua scorreva nel lavandino.

«Tutto bene, non ti preoccupare» rispose lei, mecca-
nicamente, appoggiando il piatto su uno strofinaccio.
Dio, parlare era così difficile… «Ho incontrato mio
fratello, oggi. Ha visto i segni che ho sul collo. Crede
che sia stato tu.»

Diego rimase in silenzio per qualche istante. «Lo so»
brontolò poi. «Tuo fratello è sempre stato uno stronzo.»

«Si preoccupa per me.»

«Allora si preoccupasse lui del Primario» disse Diego con rabbia.

Asia si voltò verso di lui. «E chi è il Primario?»

«Niente, lascia perdere.»

«Non lascio perdere, Diego. Di chi stai parlando?»

«Del bastardo che t'ha violentata. Il bianco.»

Asia si sentì come se tutta l'aria le fosse stata risuc-
chiata dal petto. «Come lo sai?» mormorò.

«Sono stato dal Pompo a far tagliare il motorino oggi… lui conosce tutti. Sembra che il Primario sia un
pesce grosso nel giro.»

Asia si sforzò di riscuotersi. Esitante si avvicinò a Diego e gli prese una mano. «Lascia stare.»

Lo sguardo del ragazzo era perso lontano. «Non posso.»

«Avevi promesso che oggi saresti andato da Walter per quel lavoro. È questa la cosa più importante, ora.»

Diego sfilò la mano. «Non posso» disse ancora, con la rabbia che gli tremava nella voce.

Asia cercò di abbracciarlo. Ogni gesto le costava fatica, ma in quel momento capiva che Diego aveva bisogno di lei, quasi quanto lei aveva bisogno di lui. «Amore, non possiamo permettere che quello che è successo cambi tutto. Dobbiamo cercare di dimenticare, ricominciare la nostra vita. Andare avanti.»

Diego si divincolò e si alzò in piedi. Asia lo fissò ferita.

«Scusami, devo andare» disse Diego. Poi, senza aggiungere parola, infilò la porta.

Asia si lasciò cadere sul pavimento. «Non è stata colpa mia. Non è stata colpa mia...» disse alla stanza vuota.

10

A mezzanotte Silvio Cola parcheggiò davanti al portone di casa. Uscì dall'auto con una ragazza che non poteva avere più di diciotto anni, con un fisico longilineo tipico dell'Est Europa. Visti gli abiti e gli stivali a mezza coscia, non era difficile indovinare che mestiere facesse.

Unca e Puccio li spiarono da dietro l'angolo della via, dove si erano appostati. Puccio non credeva ai suoi occhi.

«Ma sei sicuro che la targa è quella?» chiese a Unca.

Il rumeno estrasse dalla tasca il foglietto che gli aveva dato Cima. «Targa è giusta» disse dopo un rapido controllo.

Puccio sorrise cattivo. «Se lo sapevo prima che dovevamo dare fuoco alla macchina di quello stronzo, lo facevo pure gratis.»

«Lo conosci?»

«È uno sbirro. L'anno scorso ha messo dentro Diego perché aveva rotto degli specchietti.»

«Non mi piace bruciare macchina di sbirro. Pericoloso.»

«Abbiamo preso i soldi, facciamo il lavoro.» I due aspettarono che un tizio con il cane si allontanasse, poi uscirono dal loro nascondiglio. Come da istruzioni, Unca copiò sul marciapiede la scritta che Cima aveva segnato sul foglietto, sotto la targa della Mercedes. Usò un gessetto colorato, che per la fretta si spezzò più volte, facendo imprecare Unca a bassa voce.

«Quanto cazzo ci metti?» chiese Puccio.

«Finito.»

«Bene.» Puccio recuperò il sacchetto di plastica che aveva nascosto in un cestino dei rifiuti. Dentro c'erano delle bottiglie di vetro, tappate con lo straccio. Ne diede un paio a Unca, poi con un sasso tirò un colpo violento a uno dei finestrini dell'automobile di Cola. Il vetro si frantumò, mentre l'allarme dell'auto cominciava a suonare. Senza fretta, Puccio prese l'accendino e diede fuoco allo straccio, poi lanciò la bottiglia molotov attraverso il finestrino rotto. La bottiglia si infranse contro il cruscotto, e l'abitacolo fu invaso completamente dalle fiamme. «Questo è per Diego, bastardo» disse Puccio, poi cominciò a correre.

Unca gettò le sue bottiglie sue due auto vicine, poi lo seguì. Al bagliore delle fiamme, la scritta tracciata sul marciapiede si leggeva perfettamente: AG764RR.

Cola fu il primo a vederla, affacciandosi alla finestra. E capì.

Per sua sfortuna, non sarebbe stato il solo.

Sangue

1

La casa di Italia, la madre di Diego, era un bilocale ingombro di mobili. Non era la casa dove il ragazzo era
cresciuto, perché quella avevano dovuto lasciarla dopo
che il padre se n'era andato. Fino a quando non era diventato abbastanza grande per cominciare a farsi ospi-
tare dagli amici, Diego aveva dormito sul divano letto
del tinello, che adesso era aperto, con le lenzuola ag-
grovigliate. Era stata una notte agitata, e Diego accolse
con piacere la tazzina di caffè che la madre gli porse.
Era una donna sulla cinquantina, dal volto sciupato.
Seduta al tavolo lo guardava con infinito affetto.

Prese un coltello e tagliò una fetta del ciambellone.
«Ecco qua. Due colori, come piace a te.»

«Grazie» disse Diego prendendo il dolce. Non aveva fame, ma si sforzò di nasconderlo.

Italia gli accarezzò i capelli. «Tutto bene con Asia?»

Diego si irrigidì. «Sì, perché?»

«Non mi aspettavo che saresti tornato a dormire.»

«Dobbiamo ancora sistemarci per bene. E ho pensato che ti avrebbe fatto piacere.»

«Certo che mi fa piacere. Questa è casa tua.»

«Non ci sono stato molto ultimamente, vero?»

«Quando i figli crescono succede così. Bisogna abituarsi. E poi Asia è una brava ragazza. Studia, lavora... Sono contenta... Ancora caffè?»

«Sì, grazie.»

La madre gli versò dell'altro caffè. «E per il tuo lavoro, ci sono novità?»

Diego fece un sorriso furbo. «Si è liberato un posto da neurochirurgo al policlinico... credo che accetterò...»

«Ma brutto...» disse Italia, fingendo di tirargli una sberla. «Ti ci mando io dal chirurgo se non la smetti di prendermi in giro!» Alzò ancora le mani, e Diego le immobilizzò le braccia, per gioco. Finirono per abbracciarsi per qualche istante.

All'improvviso Diego sembrò molto più giovane. Ma il momento di pace durò poco.

«Mi serve la macchina per un paio di giorni» disse Diego, di nuovo serio.

«Prendila. Le chiavi sono nel cassetto.»

Diego si alzò e raggiunse il mobile della cucina. Tra il barattolo del caffè e la zuccheriera era appoggiata una fotografia incorniciata con lui da bambino insieme a un uomo che gli assomigliava parecchio. Entrambi mostravano all'obiettivo una canna da pesca, sorridenti. Diego si fermò a guardarla per qualche istante e Italia se ne accorse. «Eravamo a Fregene, ti ricordi come ci siamo divertiti?»

Diego scosse la testa e aprì il cassetto. «No.»

«Perché non la metti nella casa nuova?»

«Lascia perdere mamma. Non è il caso.» Prese le chiavi.

«Mi farebbe piacere. È un ricordo.»

Diego la fissò. «Io me lo sono scordato da un pezzo» disse con durezza. La madre fece una smorfia e Diego cambiò tono. «Mamma, ne abbiamo parlato tante volte e va sempre a finire che litighiamo, almeno stavolta lasciamo stare eh?»

«Ma se ti basta guardarti allo specchio per ricordartelo. Gli somigli così tanto, come puoi volerlo dimenticare?»

«A casa nuova non c'ho specchi, e poi ha deciso lui di farsi dimenticare... quando ha capito che era un fallito di merda ed è scappato.» Diego indicò il posacenere di marmo sul tavolo. «Per me papà è stato utile come 'sto posacenere qua dentro, che non fuma nessuno.»

«Tu non sai il bene che ti voleva» sussurrò la madre.

«È vero, non lo so.» Diego si infilò le scarpe da ginnastica e le allacciò. «Sono dodici anni che aspetti una telefonata ma'. Faresti bene a scordartelo pure tu.»

Prima che la madre avesse il tempo di rispondere, Diego uscì di corsa, sbattendo la porta. Scese di corsa le scale, poi, sul marciapiede, si guardò intorno in cerca della Punto bianca della madre. Era parcheggiata a pochi metri. Salì, e mentre spostava il sedile per regolarlo, vide Samuele. Si era piantato davanti all'auto, con espressione di sfida.

Diego abbassò il finestrino e sporse la testa. «E tu ora che vuoi?»

«Voglio darti una mano a trovare quella gente.»

«Lascia perdere ragazzino, ci manchi solo tu. Levati» disse accendendo il motore.

Samuele fece una corsa e infilò la mano dal finestrino aperto, bloccando il volante. «È mia sorella, cazzo!» urlò. «E se non mi fai venire con te, vuol dire che cercherò quei bastardi da solo!»

Diego fu costretto a pensarci. Il ragazzino era capace di farlo e Dio solo sapeva che guai poteva combinare. Poteva riportarlo dai suoi? No, se non voleva spiegare quello che era successo...

Cedette. «Sali allora, che magari è la volta che impari a stare al mondo. Ma fai quello che ti dico, siamo d'accordo?»

Samuele aprì lo sportello del passeggero, gettò lo zaino di scuola sul sedile posteriore e salì in macchina. «D'accordo.» Diego partì. «Scusa per ieri» disse Samuele dopo qualche istante. «Non avrei dovuto pensare male di te.»

«Acqua passata. Un'altra cosa. Tua sorella non lo dovrà mai sapere che sei venuto con me, va bene?»

«Certo.» Le guance di Samuele erano rosse per l'eccitazione. «Dove andiamo?»

«Prima di tutto, a fare visita a un pezzo di merda, che ci deve un po' di soldi.»

2

Quando il Pompo sentì l'auto entrare nello sterrato della sua officina, fu certo che si trattasse di nuovo di Diego. Ma il sorriso scomparve dietro la maschera protettiva – stava tagliando con la fiamma ossidrica – accorgendosi che l'auto era una Porsche nera e al volante c'era una delle anime nere del Primario: Tanabuso. Era un uomo secco e dal naso pronunciato, che scese dall'auto muovendosi a scatti. Si muoveva sempre così, per via della cocaina che si faceva dalla mattina alla sera, così tanta che se invece di consumarla l'avesse venduta sarebbe diventato ricco.

Non che se la passasse male, Tanabuso. Il Primario si fidava di lui quasi quando di Said, irraggiungibile nella hit parade del male, e i lavori sporchi che svolgeva rendevano parecchio. Nessuno, in realtà, sapeva bene che cosa combinasse. In questura risultava incensurato, e chi l'aveva visto all'opera preferiva non raccontarlo. Quelli rimasti vivi, s'intende. Però girava voce che da bambino si divertisse a dar fuoco agli animali, e che una volta avesse torturato un cane per un giorno intero, nella cantina dei suoi, quando aveva solo dieci anni. Adesso, più di trent'anni dopo, preferiva di gran lungo lavorare con gli esseri umani.

Il Pompo si preparò a mentire. «Buonasera» disse spegnendo la fiamma ossidrica, quando l'altro lo raggiunse.

Tanabuso sputò a un millimetro dal suo piede. «Senti Pompo» disse «sto cercando uno scooter nero. L'hanno fregato una settimana fa, più o meno. Qualcuno te l'ha portato?»

«Motorini è da un po' che non me ne arrivano. Ci si fanno troppo pochi soldi. Perché ti interessa?...» Tanabuso lo fulminò con lo sguardo. «... se lo posso sapere, s'intende.»

«Cazzi miei. Se ti capita tu me lo vieni a dire subito, va bene? E mi dici chi te l'ha portato.»

«Capito.»

Tanabuso gli prese una guancia tra le dita, e gli diede un pizzico malevolo. «E bravo.» Si voltò per risalire sull'auto, ma lo sguardo gli cadde su una cassa di legno. Scostò un asse e portò alla luce i pezzi di uno scooter. Nero. Tanabuso frugò ed estrasse un pezzo di targa. «Ma bene... E qui cosa abbiamo?» Tolse un altro pezzo di targa e lo unì al precedente: AG764RR.

Si rialzò e mostrò la targa al Pompo, che stava sudando non solo per il caldo. «E questa?»

Il Pompo deglutì. «Ah sì, m'ero dimenticato che qualcuno m'ha lasciato uno scooter qua fuori... l'altra notte quando avevo già chiuso. Ci avranno fatto uno scippo. Ma non so dirti chi è stato.»

Tanabuso sorrise, e non era un sorriso bello da vedersi. Gettò la targa tra i rottami, estrasse dalla tasca un tirapugni d'acciaio e se lo infilò alla mano destra.

«Guarda che è vero. Te lo giuro!» balbettò il Pompo.

Tanabuso sorrise ancora.

3

Said precedette Cola nell'ufficio. Il Primario era seduto sul solito divano bianco, e stava seguendo una corsa di cavalli sullo schermo al plasma. Non aveva scommesso, non scommetteva mai se non era certo del risultato.

Guardò Said da sopra la spalla. «Ti sei perso una bella corsa. Il campione ha bruciato tutti.»

«Bruciato... molto divertente» disse Cola.

Il Primario lo guardò, fingendo stupore. «Ma quale onore! Hai visto, Said? Il grande ispettore si degna di farci visita.»

«Che bisogno c'era di bruciare la mia macchina?»

Il Primario si abbandonò contro lo schienale. «Quella che tu, sbadatamente, chiami *la tua macchina* l'hai comprata con i generosi contributi del sottoscritto. Generosi e puntuali. E tu, nei miei confronti, ultimamente non sei stato né generoso né puntuale.»

Cola dovette trattenere la rabbia. Sapeva che non gli conveniva perdere il controllo con il Primario. Era un poliziotto, e questo lo proteggeva, ma non si poteva mai sapere che cosa passasse nella testa di quel matto.

«Le ho già spiegato che da quando quello stronzo di Petacchi è stato trasferito da noi, non posso più muovermi come voglio.»

«Però guarda caso stamattina il tempo per venire a farmi visita l'hai trovato...» Il suo tono si fece serio. «Ho un quintale di *merce* ferma al porto. È spiacevole, molto spiacevole.»

«Sto cercando di liberarmi, senza far insospettire nessuno. Anche a lei conviene che non mi scoprano.»

«Liberati in fretta. Un falò sotto casa può essere un problema, ma un falò in casa, fidati, è molto peggio. Soprattutto se ci sei dentro.» Sorrise. Cola si fece livido. «E trovami anche quel cazzo di motorino.»

«È praticamente impossibile. Sarà già finito da qualche sfasciacarrozze.»

Il Primario si voltò di nuovo verso lo schermo, la conversazione cominciava ad annoiarlo. «Se è a uno sfascio lo trovo da solo. Tu muoviti con i tuoi mezzi. Che ne so, non avete un elenco di ladri in questura?»

«Dovrebbe dirmi qualcosa di più sul ladro.»

«È un ragazzo» intervenne Said. «Sui vent'anni. Guida come un matto e si diverte a rompere gli specchietti.»

«Tra cui quelli della *mia* Mercedes. Che non è una merda come la *tua*. Scusa, come *era* la tua» aggiunse il Primario.

A dispetto della situazione, a Cola venne da ridere. «Uno che l'ha sorpassata e gliel'ha spaccato col piede?»

Il Primario spense la televisione. Nell'improvviso silenzio, la sua voce risuonò gelida. «E tu che ne sai?»

«So che è uno stronzetto, che non ha ancora imparato la lezione» rispose Cola. Si stava godendo il suo momento di gloria. Si sedette di tre quarti sulla scrivania, e Said dovette trattenersi dal cacciarlo a manate. Meglio ascoltare che cosa aveva da dire, prima.

«Tre o quattro mesi fa» continuò il poliziotto «ho arrestato un ragazzo che ha questa simpatica abitudine... ma pare che non gli sia bastato.»

«Come si chiama?» chiese il Primario.

«Mi faccia controllare nella mia agenda.»

«Ti segni tutto quello che fai?»

«Solo la parte lecita» rispose Cola, contento, mentre sfogliava le pagine.

«Allora non devi scrivere molto» disse Said.

«Ecco. Diego Santini.»

«Sai dove abita?» chiese il Primario.

«È della Garbatella, ma non so l'indirizzo. Devo controllare in centrale.»

«Lascia stare. Da qui in poi possiamo arrangiarci da soli. Così non metterai a rischio il tuo posto di lavoro. E ti puoi concentrare sul carico al porto. Ci penserà Said.»

Cola si alzò dalla scrivania, Said gli lanciò uno sguardo divertito. «Ti chiamo un taxi?»

«Fottiti.»

Cola uscì. Il Primario scosse la testa. «Dopo questo lavoro ci cercheremo uno migliore di lui. Quello stronzo mi ha già infinocchiato per troppo tempo.»

Said si illuminò. «Sa perché si dice infinocchiare?»

«Io no, ma sono sicuro che tu lo sai, invece.»

Said si sedette sul tavolo come prima aveva fatto Cola, imitandone anche le movenze. Il Primario apprezzò la finezza. «La pianta di finocchio si accompagna molto bene al vino, in particolare riesce a coprirne l'eventuale scarsa qualità. Così gli osti di una volta, per sbarazzarsi di un vino non proprio eccelso,

prima offrivano ai loro clienti del finocchio, e poi glielo servivano.»

«E loro non se ne accorgevano?»

«Non c'erano le enciclopedie, allora. Quelle che leg-
go io, per lo meno.»

«Che impari a memoria, vorrai dire.»

«Sono un perfezionista...» Il suo cellulare vibrò nella tasca. «Mi scusi.» Rispose, e dall'altra parte sentì la
voce roca di Tanabuso.

«Ho trovato il mezzo» disse. «Ma lo sfasciacarrozze
dice che non sa chi glielo ha lasciato.» Tanabuso era in
piedi davanti al corpo esanime del Pompo, legato a una
sedia. Il viso del Pompo era una maschera di sangue.
«Forse lo sa e forse no, ma sta facendo il duro. Vado fino in fondo?»

Said coprì l'apparecchio con la mano e spiegò quello che stava succedendo al Primario. Che scosse la testa. «Non c'è bisogno che lo accoppi, il nome lo sappiamo.»

«Bene.» Said tornò a parlare nel telefono. «Lascia
stare, Tana. Sappiamo già quello che ci serve. Ti chiamo io.»

Tanabuso guardò ancora il Pompo, che cominciava
a risvegliarsi. "Peccato" pensò. Proprio adesso che cominciava a prenderci gusto... ma gli ordini erano ordini. «Va bene. Ciao.»

Said ripose il cellulare nella tasca della giacca. «Per
concludere, è da questa antica astuzia che deriva il si-
gnificato del verbo infinocchiare.»

Il Primario accennò un applauso. La scoperta del
nome del rompispecchietti lo aveva messo di buon
umore. «La migliore tra le tue storie.»

«Grazie capo.»

«Adesso, torniamo al business. Vai da Cima e digli di parlare con quei due che hanno fatto il lavoro con la macchina di Cola. Sono della Garbatella, magari conoscono questo Santini. E poi occupatene tu.»

Said annuì.

«E quando trovi questo Santini, mi raccomando. Che sappia perché lo fai.»

4

Petacchi si aggirava per il commissariato con un diavolo per capello. Alcuni agenti in divisa che stavano prendendo il caffè al distributore automatico lo salutarono: «Buongiorno dottore».

«Buongiorno un accidente. Avete visto Silvio Cola?»

Uno degli agenti si fece avanti, un po' titubante. Quando il dottore era così incazzato meglio stargli alla larga. «Ieri notte i piromani hanno dato fuoco a delle auto, c'era di mezzo anche la sua. Ha telefonato che prendeva un giorno di ferie.»

Petacchi si trattenne dal sorridere. «Gli hanno bruciato la macchina nuova?»

«Sì dottore.»

«Secondo me è stato quello a cui ha fregato il posto» disse un altro.

Petacchi lo fissò. «In che senso?»

«Sono intervenuto io ieri sera, dottore.» Spiegò l'agente, un omone con i baffi in età da pensione. «Vicino alla macchina di Silvio, in terra, era segnata una targa, come se il posto fosse riservato.»

Gli agenti scoppiarono a ridere. Petacchi invece si fece serio. «E ti ricordi quella targa?»

«No dottore. Ma la Scientifica ha fatto i rilievi, loro lo sapranno.»

Petacchi andò a passo svelto nel suo ufficio, con un'idea che gli frullava nella mente. Chiamò la Scientifica dal telefono fisso, e all'agente di servizio chiese il fascicolo del rogo. Gli arrivò dopo pochi minuti. Sparse le foto delle auto bruciate sulla scrivania. In una si vedeva chiaramente la scritta sul marciapiede. Controllò sulla stampata della ricerca che Cola aveva fatto il giorno precedente. La targa era la stessa della foto. Quindi la macchina di Cola non era finita per caso nel rogo, ma l'incendio era al contrario un segnale ben preciso, diretto a lui. Uno sgarro.

Ma perché? Che Cola fosse marcio, era cosa ben chiara a Petacchi. Ma saperlo e provarlo erano due cose differenti, e far mettere sotto inchiesta un poliziotto era sempre spiacevole. Senza contare che molti colleghi, per un malcompreso spirito di corpo, si sarebbero schierati con Cola. Petacchi doveva tenere la cosa per sé, al momento. Tolse la foto dal fascicolo e se la infilò in tasca. Meglio che nessun altro si facesse domande, fino a quando lui non avesse avuto le risposte giuste. Ma aveva il sentore che non ci sarebbe voluto troppo.

5

Puccio entrò nel bar di Renato. Il proprietario era in piedi dietro il bancone e gli fece un cenno. Seguendo il suo sguardo, vide Cima che giocava da solo a biliardo. E giocava pure bene, a giudicare dai colpi.

Puccio gli si avvicinò. «Hai niente per me?»

Cima tirò senza fretta, poi gli porse due fogli da cento euro. «Avete fatto un buon lavoro ieri sera.»

«Grazie. Anzi, se ce ne sono altri...»

«Ti faremo sapere.» Cima fece un altro tiro, poi tentò il bluff. «Ma ora ne ho uno sotto mano per cui mi dicono essere perfetto Diego.»

«Diego?»

«Diego Santini. È un tuo amico, no?»

Puccio normalmente era molto attento a rivelare qualcosa sui suoi amici. Ma di certo Cima non era uno sbirro e Renato aveva garantito per lui. «Sì. Un buon amico.»

«È qui in giro?»

«Sono due giorni che non si fa vivo. Cellulare spento, anche.»

«Peccato. Così il lavoro sfuma, però...»

Puccio esitò «Puoi provare a casa sua...»

Cima, mentalmente, si batté un cinque. Si fece dare l'indirizzo, poi, appena uscito chiamò Said. Quella storia del cazzo stava per finire. Finalmente il Primario sarebbe tornato a occuparsi di cose serie.

6

Quando lo vide scendere dall'auto, Stefano fece il gesto di abbassare la saracinesca del ristorante. Diego lo precedette e si infilò nel locale vuoto, seguito da Samuele.

«Disturbo?»

C'era il tipico odore dei ristoranti prima dell'apertura, un mix di cibo freddo e di candeggina. Pensando a quello che era successo tra quelle mura, a Diego venne il voltastomaco. A giudicare dall'espressione di Samuele, anche al ragazzo stava succedendo la stessa cosa.

Stefano fece un passo indietro, timoroso. «Oh, guarda che io non c'entro niente, eh?»

«Non me ne frega un cazzo, Stefano» disse Diego a denti stretti. «Qui Asia non ci metterà più piede, e voglio i soldi che le devi.»

«Soldi?»

«Sono due mesi che non la paghi, e tra una cosa e l'altra sono seicento euro.»

Stefano fischiò. «M'hai preso per un Bancomat?»

«Ti ho preso per uno stronzo.»

Stefano si erse in tutto il suo metro e ottanta per centodieci chili. «Senti, a me dispiace per quello che le è successo» disse. «Ma non è un buon motivo per venire qui a fare il gradasso. E poi, se la tua ragazza stava più attenta non le sarebbe successo niente.»

Diego si irrigidì. «Ripeti un po'…»

«Quelli erano due carogne, gente pericolosa, a maggior ragione certi atteggiamenti…»

Samuele si fece avanti. «Quali atteggiamenti?»

L'uomo soppesò il ragazzino un istante. «Guarda che io tua sorella la conosco, la vedevo come si strusciava ai clienti per due mance in più, che credi…»

Diego lo colpì con una ginocchiata allo stomaco. Stefano cercò di reagire, ma Diego schivò il suo pugno e lo colpì con una testata al setto nasale. Il sangue sprizzò. Stefano si piegò su se stesso. Il ragazzo lo colpì con un destro al viso e l'uomo crollò sul pavimento. Diego gli pose un piede sul collo. «Samuele, frugagli in tasca.»

Samuele si riscosse. «Come?» Era rimasto impietrito durante lo scontro.

«Prendigli il portafogli, muoviti.» Stefano accennò a una reazione, ma Diego premette ancora di più il piede. «Stai buono.»

Samuele trovò il portafogli e lo aprì. «Ci sono… trecento euro.»

«Pigliali.» Il ragazzo obbedì e glieli porse. Diego se li infilò in tasca. «Per il momento bastano questi, ma stai tranquillo che ripasso» disse. Poi tolse il piede e si avviò all'uscita. Samuele, un po' sconcertato da ciò che era successo, impiegò qualche istante a seguirlo fuori dal locale.

Si infilarono in macchina e partirono.

«Secondo me gli hai rotto il naso» disse Samuele.

«Se non ti regge la pompa per due schiaffi ti conviene fermarti qui, perché quando trovo quegli stronzi non se la caveranno con una capocciata.»

7

Il Pompo non sapeva come avesse fatto a guidare fino a casa di Italia. A parte il viso gonfio, sentiva male in tutte le ossa del corpo. Tanabuso non ci era andato leggero con lui. Anche se alla fine l'aveva graziato e il Pompo non sapeva perché. Adesso, disteso sul divano dove Diego aveva dormito la notte precedente, lasciava che Italia finisse di medicargli le ferite al volto. Poi la donna si allontanò e tornò con un bicchiere d'acqua e due analgesici. «Manda giù» disse.

«Sto già meglio, davvero» disse il Pompo, ma bevve. «Grazie.»

Italia annuì, mentre gli occhi le si riempivano di lacrime. Si asciugò immediatamente, non voleva farsi vedere così.

«Scusa... è che... sono una madre tremenda...»

«Ma no Italia, non è vero».

«È vero, è vero... guardati.»

«Lascia sta'... so' solo due graffi. L'importante è che tu ci parli. Diego lo deve capi' che la deve smettere. E che è meglio se si leva di torno per un po'.»

Italia annuì. «Ci parlo. Ti giuro che lo convinco. Magari ce ne andiamo qualche giorno insieme, eh? Che dici? Come una volta.»

«Brava, così me piaci.» La guardò con affetto. «Stai tranquilla... andrà tutto bene. Diego è un bravo ragazzo.»

«Grazie Ivano. Grazie davvero.»

«Adesso vado.» Il Pompo si rialzò a fatica. Non se la sentiva di tornare allo sfascio. Sarebbe stato a casa per qualche giorno. O a casa di un amico, hai visto mai che Tanabuso o qualche altro pagato dal Primario avesse avuto ancora voglia di parlare con lui. «Per qualsiasi cosa, però, io ci sono. Va bene Italia?»

La donna annuì, trattenendo di nuovo le lacrime.

8

«Cosa ci facciamo qui?» chiese Samuele guardandosi intorno. Lui e Diego camminavano in una delle zone più "abusive" della parte orientale della città: decine di case costruite ai margini dei tralicci dell'alta tensione che fungevano da rotatorie per il traffico.

«Cerchiamo Unca.» Dalle baracche giungevano suoni di televisori e pianti di bambini. Una donna stava stendendo i panni fuori da una roulotte tutta coperta di ruggine e con le ruote sgonfie. Li guardò passare senza dire nulla.

«Abita qui?»

«Pensavi che stava al Campidoglio?»

Percorsero una breve strada in discesa che terminava di fronte a un palazzo ancora in costruzione. «Aspettami» disse Diego, poi spostò un'asse di legno rivelando una porta senza battente. Vi si infilò, trovandosi in un corridoio ingombro di rifiuti che conduceva a un monolocale. Al centro della stanza, buttato su un materasso che poggiava direttamente sul pavimento, dormiva Unca, completamente vestito.

Diego lo smosse con un piede. «Oh! Svegliati!»

Unca brontolò e aprì a fatica gli occhi. «Lasciami dormire...»

«È mezzogiorno, Unca.»

«E allora? Io alle cinque scaricato al mercato. Dormito solo un'ora.»

Diego si sedette sul materasso, di fianco a lui.

«Dormirai dopo. Dov'è che abita quel cinese amico tuo che vende armi?»

Unca si stirò, gli occhi assonnati. «Pang? Non è cinese, è coreano, del Sud credo...»

«Vabbe', è uguale.»

«Sta in paese piccolo dopo La Storta. Si chiama Santa Maria di Galeria. Ma perché?»

«Mi serve una pistola.»

Unca lo guardò stupito. «Tu, una pistola? Ma perché tu vuoi? Tu non fai male a mosca.»

«Cazzi miei, Unca. Allora, mi dai una mano o no?»

«Se mi paghi caffè.»

«Corretto con i *filimeni*?»

«Eh?»

Diego sorrise. «Sei irrecuperabile... Dài, ti aspetto fuori che qui manca l'aria.» Uscì dalla stanza. Unca si guardò in un frammento di specchio che pendeva su un catino. E si colpì con uno schiaffo.

9

A Said non piaceva ripensare alla vita che aveva fatto prima di arrivare in Italia. Anche se qualche volta gli tornava in sogno. Sognava di avere ancora dodici anni, e di correre con una divisa addosso sotto il fuoco nemico, con il sangue carico di anfetamine. Nel sogno spesso moriva, e negli ultimi istanti prima di svegliarsi, Said provava una pace immensa. Era così che si immaginava la vita dopo la vita, un lungo sonno tranquillo, dove non devi aprire gli occhi al minimo rumore per paura che qualcuno si stia avvicinando, dove i bambini possono giocare a tutto tranne che alla guerra.

Ma erano pensieri oziosi: per quanto a volte si sentisse stanco di morti, Said non aveva alcuna fretta di andare a controllare se l'aldilà corrispondesse ai suoi desideri. Proprio nessuna fretta.

Sbadigliò. Da due ore era seduto nella sua auto, parcheggiata di fronte alla casa di Diego. Prima o poi il ragazzo si sarebbe fatto vedere, e lui ancora una volta avrebbe compiuto il suo dovere di soldato.

10

Guidati da Unca, Diego e Samuele arrivarono al paese di Pang. Parcheggiarono nella piazza principale e scesero nella calura pomeridiana. Alcuni ragazzi stavano giocando a pallone nella piccola piazza, passandosi la palla tra i due tavoli di un'osteria, dove un gruppo di vecchietti spendeva la pensione in vino. Da una finestra echeggiava una canzone dei Tokio Hotel.

I tre entrarono in un condominio piuttosto malandato e salirono a piedi fino all'ultimo piano. Unca indicò la porta in cima alle scale. «È questa. Andate voi, io non voglio vedere.»

«Perché?» chiese Samuele.

Unca scosse la testa «Brutti ricordi. Brutta gente. Se volete mio consiglio, lasciate stare.»

«Niente consigli, Unca» disse Diego, brusco. «Allora aspetta qui», poi bussò alla porta ed entrò, seguito dal ragazzo.

Pang dimostrava circa trent'anni. Era un coreano compatto e ben muscoloso, e indossava una canottiera bianca. Parte della testa era rasata, e aveva una vistosa cicatrice sul cranio. Li accolse senza espressione, facendoli sedere al tavolo del piccolo soggiorno. La stanza era illuminata solo da sottili raggi di sole che filtravano dalla tapparella abbassata. Srotolò sul tavolo un panno di velluto nero, facendo apparire due pistole, un'automatica nera e un revolver a canna corta. Prese in mano l'automatica e ne fece scorrere il carrello. «Glock 17. Ferro austriaco. Calibro 9. Caricatore a diciassette colpi... carrello in acciaio, peso novecento grammi carica. Impugnatura anatomica, sicura manuale ambidestra. In dotazione all'FBI.»

Pang appoggiò la pistola sul tavolo e prese quella a tamburo.

«Smith e Wesson special. Cromata. Canna corta. Acciaio inossidabile, finitura satinata. Un chilo e settantacinque grammi scarica. Presa gommata antiscivolo. Sette colpi. Micidiale a distanza ravvicinata.»

Pang riappoggiò la pistola sul tavolo accanto alla Glock. Samuele guardò le armi ipnotizzato, era la prima volta che gli capitava di vederne una dal vero. Diego afferrò il revolver, quasi accarezzandolo. Sorridendo lo porse a Samuele che lo impugnò goffamente.

«Ti piace?» chiese Pang.

Samuele non rispose, ma l'eccitazione gli si leggeva in faccia. Diego gli tolse il revolver di mano. «Quanto vuoi per questa?» chiese.

«Sono pulite e col numero limato; sarebbero milleduecento, ma visto che sei amico di Gheorghe facciamo mille.»

«... Ne ho solo cinquecento» lo interruppe Diego.

«Perfetto. Portami gli altri cinquecento e il ferro è tuo.»

Diego strinse l'arma. «E se me la prendo lo stesso tu che mi dici?»

«Che quella è scarica.» Sfilò dalla cintura un altro revolver. «Questa invece no.» Pang sorrise. «Dite a Gheorghe che io non faccio affari con i pezzenti.»

«Certo che non ci abbiamo fatto una gran figura, eh?» disse Samuele quando furono di nuovo sull'auto.

«Stai zitto» rispose Diego.

Nessuno osò più parlare per il resto del tragitto. Unca fu scaricato nel centro di Roma, mentre Samuele rimase in auto fino a casa di Diego. Lui abitava poco distante.

«Come rimaniamo?» chiese quando Diego spense il motore.

«Mi faccio sentire io, ragazzino. Tu ricordati di tenere la bocca chiusa e di non fare niente.»

«Sì, ma cosa hai intenzione di fare?»

Diego lo fissò, duro. «Te lo farò sapere.» Gli aprì la portiera. «Fila, adesso.»

Samuele scese sbattendo la porta. Diego strinse il volante fino a quando le nocche gli divennero bianche. Era tutto difficile, *così difficile*. Diede due colpi al volante con il palmo aperto e il dolore alla mano lo calmò un po'. Si guardò nello specchietto, cercando di assumere un aria tranquilla: non voleva che Asia capisse quello che stava passando. Chiuse l'auto e si diresse al portone. Quando mancavano ancora un paio di metri sentì una presenza alle sue spalle.

Non riuscì a girarsi. Qualcosa di duro gli premette tra le scapole e, anche se era la prima volta che faceva quella spiacevole esperienza, era sicuro che si trattasse della bocca di una pistola.

«Stai fermo» disse una voce profonda dietro di lui.

Diego cercò di voltarsi, ma la pistola spinse ancora con più forza.

«Non ti ho detto di voltarti, Santini.»

Una mano lo frugò con abili ed esperte mosse. Trovò il cellulare e lo lanciò contro l'asfalto. Diego riuscì a scorgerla per un secondo, e capì che il suo aggressore era un nero. Ma chi?

«Chi sei?» chiese Diego. «Che vuoi da me?»

«Poi te lo spiego. Torniamo alla tua auto.»

Diego camminò lentamente fino alla sua auto. Ci fosse stato qualcuno in giro avrebbe gridato per attirare l'attenzione, ma la piazzetta era deserta per il caldo. Ora che fosse arrivato qualcuno, il tipo avrebbe fatto in tempo ad ammazzarlo. Si fermò davanti alla Punto. «Devo prendere le chiavi in tasca» disse.

«Fai pure, ma piano» disse il nero.

Diego tolse le chiavi, le infilò nella portiera, poi approfittò del movimento per alzare al massimo il gomito. Colpì la mano armata e la pistola cadde a terra.

Diego si voltò di scatto e inquadrò finalmente il suo aggressore. Un nero massiccio, che lo superava di tutta la testa. "Non ce la farò mai" pensò, ma sferrò un pugno con tutta la forza che aveva. L'altro lo schivò facilmente, poi Diego sentì un dolore atroce alla mascella. L'altro l'aveva colpito così velocemente che non aveva nemmeno visto arrivare il pugno. Andò a sbattere sull'auto e cadde a terra.

Il nero gli si fece sopra. «Se per aver spaccato lo specchietto dovevo solo spezzarti due gambe, questa stronzata ti costerà un braccio extra.» Lo colpì con un calcio al viso, poi con un altro al costato. Diego boccheggiò e il mondo si fece scuro. Si sentì sollevare. Il nero aprì la portiera e gli incastrò il braccio nell'apertura. «Di' ciao al tuo braccino» disse. Poi bestemmiò e si voltò di scatto, lasciandolo andare. Dietro di lui era apparso Samuele, con un sasso in mano. Doveva averlo usato per colpire il nero, perché Diego lo vedeva sanguinare dalla nuca.

«Lascialo stare» disse Samuele.

Velocissimo, con una sola mano, il nero afferrò al collo Samuele sollevandolo da terra come una bambola. Diego ne approfittò per rotolare via. Sentì qualcosa di duro sotto di sé. La pistola del nero. L'afferrò, mentre il nero si voltava, sempre tenendo Samuele per il collo.

Diego puntò la pistola. «Fermati!» gridò.

Il nero lasciò andare Samuele e caricò a testa bassa. Diego premette il grilletto.

Lo sparo fu assordante.

La resa dei conti

1

Il corpo di Said giaceva sull'asfalto, gli occhi ciechi aperti verso il cielo che andava scurendosi. Attorno si affollavano gli agenti della Scientifica, che scattavano foto e tracciavano segni con il gesso. Un bossolo, accanto al marciapiede, era stato circolettato ed etichettato con una grossa A, altri circoletti e altri numeri per le macchie di sangue. Una scarpa di Said era finita a un paio di metri dal cadavere, ai margini del cordone di polizia che teneva a bada una piccola folla, attirata dall'odore del sangue.

Petacchi e Cola erano accanto al cadavere. «Non ti eri preso un giorno di ferie?» chiese Petacchi.

«Con un omicidio, dottore, come si fa...»

Petacchi scrutò il viso di Said. Normalmente i morti di morte violenta avevano il viso contorto, ma il nero sembrava dormire felice. «Era il guardiaspalle di Zorzi detto il Primario, no?» chiese.

«Mi pare di sì» rispose Cola, vago.

«Non l'avevi mai incontrato?»

Cola sudò freddo. «Io, e perché mai dottore?»

«Nell'esercizio delle tue funzioni, naturalmente» disse Petacchi con un lieve sorriso.

«No, mai... Si sa chi è stato?»

Petacchi indicò una volante. Sul sedile posteriore sedevano Asia e Samuele, la ragazza piangeva. «Ci sono due testimoni.»

La volante accese la sirena e partì sgommando. Cola aveva fatto appena in tempo a dare un'occhiata ai passeggeri. «Chi sono?»

«Due fratelli, Asia e Samuele Morelli. Dicono di essere stati in zona per caso, di aver sentito lo sparo ma di non aver visto nessuno. Solo un'auto che si allontanava.»

«Dicono la verità secondo lei?»

«No. Ma prima o poi la diranno. Ne sono certo.»

2

Diego guidava mordendosi le labbra. Faticava a concentrarsi sulla strada, e non solo per il dolore. Era come vivere in un sogno. In un incubo.

Aveva ucciso un uomo.

Quando era andato dal coreano per comprare un'arma, era sicuro che l'avrebbe usata senza problemi. Ma adesso che aveva visto gli occhi di quell'uomo spegnersi, con il sangue che gli colava sul viso, capiva che quello che aveva fatto era enorme e terribile. Anche dopo che aveva saputo chi era l'uomo che aveva ucciso: Said. Era stata Asia a dirglielo. Aveva visto tutta la scena dalla finestra – lo aveva visto sparare – ed era scesa di corsa.

«Come l'hai trovato?» gli aveva chiesto con un filo di voce.

Diego, quasi sotto shock, non aveva capito. «Trovato?»

Asia fissava il morto, incapace di distogliere lo sguardo. «Questo è l'uomo che mi ha violentato.»

«È lui che ha trovato me» aveva risposto debolmente Diego, rendendosi conto solo allora di quello che era accaduto, del rischio che aveva corso. C'era mancato poco, molto poco, che fosse lui quello disteso sull'asfalto. Solo il ritorno di Samuele lo aveva salvato. Il ragazzo aveva dimenticato lo zaino in macchina.

Diego aveva udito delle sirene in lontananza. Aveva afferrato la pistola di Said e l'aveva infilata nella cinta. «Me ne devo andare» aveva detto.

Asia gli aveva afferrato un braccio. «Diego aspetta, parla con la polizia. Ti prego.»

«Sarebbe inutile… E il Primario si vendicherebbe. Vai tu dalla polizia, lì sarai al sicuro. Io proverò a stare dal Pompo per stanotte. Ma non dirlo. Non dire niente.»

Si erano abbracciati e baciati.

Adesso Diego si sentiva come se le avesse detto addio per sempre.

3

Il Primario era seduto nel salotto della sua elegante casa ai Parioli. Teneva in braccio la figlia di cinque anni e, come tutte le sere, quando poteva, le leggeva una storia. Anche sua moglie, una quarantenne elegante, ascoltava con piacere: il Primario era bravo a leggere. Avrebbe potuto fare l'attore se non gli fosse piaciuto così tanto il suo lavoro di costruttore. Uno dei più importanti di Roma, ripeteva sempre la moglie alle amiche con orgoglio.

«... Il principe entrò nella grotta del drago facendo piano piano, tanto sapeva che a quell'ora il drago dormiva. Ma invece non dormiva» raccontò il Primario.

«E perché?» lo interruppe la figlia.

«Perché era stato a cena fuori e aveva mangiato troppo.»

La donna si voltò verso i due e sorrise.

Il Primario continuò. «Così il principe si trovò faccia a faccia con il terribile drago...» S'interruppe, il cellulare suonava. «Aspetta eh, che poi finiamo.» Si tolse la figlia dalle ginocchia e si allontanò di qualche passo. Riconobbe il numero del cellulare di Cola e presagì guai.

«Che c'è?» chiese.

Cola si era allontanato di qualche passo dai colleghi. Parlò velocemente, temendo di essere osservato. «Devo darle una brutta notizia...»

«Avanti.»

«Said. È stato ucciso poco fa. Non si sa chi sia stato, ma è da queste parti che abita Diego Santini.»

Il Primario sentì degli aghi di ghiaccio pungergli la colonna vertebrale. Avrebbe urlato di rabbia, ma lo sguardo della figlia lo costrinse a rimanere impassibile. «Sei sicuro che è Said?»

«Purtroppo sì. L'ho visto.»

Il Primario chiuse gli occhi per un istante. «Ho capito.» Poi riattaccò.

«Tutto bene?» chiese la moglie. Lo conosceva bene, e sapeva che qualcosa doveva averlo sconvolto.

«Solo un piccolo problema di lavoro. Scusami, ma devo uscire.»

«Nooo. Papà» disse la figlia. «Mi devi raccontare la fine della favola.»

Il Primario le sorrise, infilandosi la giacca. «Oh. È molto semplice. Il principe uccide il drago.»

4

Diego parcheggiò l'auto e si avviò a piedi nel buio. Ogni passo era una fitta di dolore al costato e allo zigomo, coperto di sangue rappreso. Non c'erano luci stradali a orientarlo, ma conosceva bene la strada. Con enorme fatica scavalcò una recinzione e penetrò all'interno dello sfascio del Pompo. Raggiunse la baracca ed entrò aprendo la porta cigolante. Poi, si chiuse il mondo alle spalle.

5

Puccio si accese una canna e tirò una grossa boccata. Nella sua stanza, lo stereo mandava ad alto volume *Umbrella* di Rihanna. Puccio canticchiò: «*Under my umbrella ella ella eh eh eh*» poi passò la canna a Unca, seduto al suo fianco, con in mano i comandi della PlayStation. Giocava a Grand Theft Auto, si divertiva un mondo a sparare ai poliziotti o a schiacciarli sotto le ruote delle auto che rubava. L'appartamento di Puccio era un gran casino: libri sparpagliati, poster e quadri alle pareti, piatti sporchi un po' ovunque.

«Guarda che voglio giocare anch'io» disse Puccio.

«Aspetta.» L'omino che manovrava saltò su un trattore, e Unca cominciò a guidarlo contromano nel traffico. «Sai che mi piacerebbe fare in vita?»

«Cosa?»

«Costruire giochi come questi. Ho un sacco di idee. Tipo storia di immigrato che arriva a Roma, e diventa ricco. Pensi che è bello?»

«Sì, sogna sogna. E intanto scarica cassette all'ortomercato» disse Puccio, riprendendosi la canna.

«Certo che sei proprio *prost*...» gli disse Unca.

Puccio lo fissò perplesso. «Eh?»

Unca saltò in piedi e urlò: «'Sto cazzo!».

Puccio allargò le braccia. «Una per te. Oggi è la tua giornata fortunata, ti conviene giocare la schedina.»

Prima che Unca potesse ribattere, la porta d'ingresso si spalancò e sbatté con violenza contro il muro. La serratura divelta cadde letteralmente sul pavimento.

I ragazzi saltarono in piedi, mentre Cima e Tarabuso facevano irruzione con le pistole in pugno. L'occhio esperto di Unca notò che sulle canne delle pistole erano avvitati i silenziatori.

«Zitti o vi ammazzo, quanto è vero il Signore» disse Cima.

Tarabuso, intanto, ispezionava rapidamente il resto dell'appartamento. Ritornò dopo qualche istante. «Nessuno» disse. Poi sputò.

Puccio riprese il dono della parola. «Ma che cazzo vi prende?»

Tanabuso lo colpì alla nuca con la canna della pistola, facendogli volare via gli occhiali da sole. «Tu parli solo quando te lo diciamo. Capito?»

Puccio si massaggiò la testa e non disse nulla. Tarabuso uscì per un istante sul pianerottolo, e rientrò con il Primario. Questi diede una lunga occhiata ai prigionieri, poi prese una sedia e si sedette davanti a loro. Tarabuso si mise di guardia alla porta.

«Perché state facendo...» disse Unca.

Cima gli tirò una sberla, poi gli tolse la canna di mano e la spense sotto il tacco. Il Primario annuì. «Grazie, Cima.» Poi ai ragazzi. «Avremmo una certa fretta di rintracciare un vostro amico: Diego Santini» disse.

«È una vita che non lo vedo» rispose Puccio.

Il Primario scosse la testa. «Risposta sbagliata.» Prima che Puccio potesse reagire, Tarabuso lo afferrò e lo sbatté a faccia in giù sul pavimento. Poi gli puntò un piede nel centro della schiena e gli torse il braccio sinistro.

«Ma che fai?» urlò Puccio. «Non so niente.»

Tarabuso diede un colpo secco. Il braccio di Puccio si spezzò con un orribile scricchiolio di ossa rotte che sovrastò la musica dello stereo.

Puccio lanciò un urlo disumano. «TI PREGO!»

«Dimmi dove lo trovo» disse il Primario.

«Io visto Diego ultima volta questa mattina, andava fuori Roma» disse Unca.

Il Primario lo guardò interrogativo. «Dove?»

«Fuori Roma» ripeté. Sapeva che era una bugia pietosa, ma doveva pur fare qualcosa per salvare Puccio.

«E sai dove potrebbe essere adesso?»

Unca alzò le spalle. «Fuori Roma…»

Cima afferrò Unca per la mascella. «Senti extracomunitario di merda, il tuo amico ha sparato a uno dei nostri, quindi, o è tornato da *fuori Roma* o ha un cazzo di fucile spaziale e una mira della Madonna.»

Il Primario sospirò. Sembrava stanco. «L'unica cosa che può salvare il culo a voi due mezze seghe è dirmi subito dove posso trovare Santini. Adesso. Subito.»

«Ma non lo sappiamo!» rispose Unca digrignando i denti per il dolore al viso.

Il Primario alzò una mano e Cima gli passò la pistola. Con un solo gesto prese la mira e fece fuoco. Unca, colpito alla gola, cadde sul pavimento sprizzando sangue e contorcendosi.

«Unca!» urlò disperato Puccio, ancora sotto il piede di Tanabuso.

Cima si chinò su di lui. «Ascolta, ragazzino. Sei italiano, quindi, per come la vedo io meriti una seconda occasione. Dov'è Santini?»

Il ragazzo cominciò a piangere. «Vive dalla ragazza... in via Bertossi 7.»

«Lì non c'è. Dove altro può essere? Ha amici? Parenti?»

«Solo la madre... ma giuro su Dio che non mi ricordo l'indirizzo.»

Cima guardò il Primario, che annuì, restituendogli la pistola. Cima la puntò sulla fronte del ragazzo. «Sicuro?»

«Sì, lo giuro!»

«Bene. Salutami Said quando lo vedi.»

Puccio chiuse gli occhi.

6

Asia e Samuele sedevano sulla panca del commissariato.

«Che cosa pensi che ci faranno?» chiese a bassa voce Samuele, per la centesima volta.

«Niente. Perché non abbiamo fatto niente» rispose la sorella, decisa. Nell'ora trascorsa aveva avuto il tempo di riflettere. Quello che aveva fatto Diego era stata legittima difesa. L'uomo che aveva ucciso era un criminale e uno stupratore, ed era stato lui ad andarlo a cercare, non Diego. E se lui era innocente, non avevano niente da temere. Certo, Diego le aveva chiesto di non dire nulla, ma se fosse stato necessario...

Un uomo si avvicinò. Non sembrava un poliziotto, era vestito troppo bene, con un completo Armani e le scarpe lucide.

«Signorina Morelli?» disse.

«Sì.»

«Può venire con me, gentilmente? Le devo parlare.»

«E io?» chiese Samuele.

«Verrà anche il tuo turno». L'uomo sorrise in un modo che a Samuele non piacque per niente, ma non poté fare altro che rimanere seduto, mentre la sorella si allontanava con il nuovo venuto.

L'uomo condusse Asia in una stanza spoglia con i muri color nicotina, che conteneva solo un tavolo di metallo e due sedie male in arnese. L'unica finestra aveva le sbarre.

«Si accomodi» disse l'uomo chiudendo a chiave la porta. Asia obbedì.

L'uomo si sedette a sua volta e prese un fascicolo dalla borsa.

«Signorina... Asia... sono l'avvocato Terenzi. Sono stato chiamato d'ufficio perché è stata formulata una grave accusa nei confronti suoi e di suo fratello.»

Asia spalancò gli occhi. «Quale accusa?»

«Complicità in omicidio. Non è uno scherzo. Rischia di essere trasferita stanotte stessa a Rebibbia e suo fratello al carcere minorile.»

«Ma... c'è uno sbaglio. Noi non c'entriamo niente!»

L'uomo continuò, con calma. «A quanto ho capito, il magistrato non la pensa così.»

Asia si morse le labbra. Era peggio di quanto avesse mai immaginato. «Mi ci faccia parlare» disse.

«Al momento non è possibile. Ma non si preoccupi. Ci sono io ora.» Sorrise. «Però, per fare uscire dai guai lei e suo fratello, ho bisogno di informazioni. Per esempio, qualcuno può scagionarvi?»

Asia prese a mangiarsi le unghie, nervosa.

«Signorina, la prego, non abbiamo molto tempo.»

«Qualcuno c'è, ma...»

«E dove posso trovarlo? È molto importante.»

«Non lo so.»

L'uomo sembrò spazientirsi e il suo tono si fece duro. Un tono strano, per un avvocato. «Ci pensi bene signorina…»

Asia fissò il tavolo. «Non è possibile che stia succedendo questo… Io non capisco…»

«È la sua unica possibilità. Vuole mandare suo fratello dentro?»

«Mio fratello non c'entra niente! Niente!» urlò Asia.

«Va bene, va bene, tranquilla. Faremo in modo di aiutarlo.» L'uomo si chinò come per leggere, ma Asia ebbe la netta impressione che stesse fingendo. Tutto, in lui, dava l'impressione di una recita ben elaborata. Ma perché?

«Però, lei deve aiutare me» continuò l'uomo. «Allora, dove si trova adesso Santini?»

Asia sentì un brivido. Fissò l'altro come se lo vedesse per la prima volta. «Santini?»

«Diego Santini. Il suo ragazzo.» L'*avvocato* aveva smesso di sorridere.

Asia si alzò in piedi. «Io non ho mai detto quel nome. Non ho mai parlato di Diego.»

L'uomo sorrise cattivo. «Ho fatto un errore, eh?»

Asia indietreggiò di un passo. «Non sei un avvocato! Chi cazzo sei?»

«Lo sai a chi ha sparato il tuo amichetto?»

«A uno stronzo» disse lei, secca.

«Uno stronzo, hai ragione. Ma con un sacco di amici.»

Asia poggiò la schiena contro il muro. «Che vuoi da me?»

«Fare un accordo. Mi dici dov'è il tuo ragazzo, e io gli salvo la vita. Dipende solo da te, gioca bene le tue carte.»

«Crepa!» urlò Asia.

Un violento ceffone la fece cadere a terra. La ragazza si rialzò come una molla e si scagliò contro l'*avvoca-to*. Che la sbattè violentemente contro il muro una, due volte, poi le afferrò i capelli e la fece inginocchiare. «Pensi di essere una dura?» sussurrò. «In questa stanza ho spezzato gente che aveva quattro o cinque omicidi alle spalle. Tu non vali un cazzo, ragazzina.»

Qualcuno cominciò a battere sulla porta. L'uomo alzò gli occhi, infastidito.

«Ho da fare!» gridò.

«Asia, Asia!» disse la voce di Samuele, dall'altra parte.

L'uomo diede un ultimo strattone ai capelli di Asia, poi la lasciò andare. Lei rimase in terra, tenendosi il capo. «Tanto lo troviamo lo stesso» disse l'uomo.

Si sistemò la giacca e aprì la porta. Samuele si precipitò dentro e lui ne uscì, a passo tranquillo. Percorse i corridoi verso l'uscita.

«Dove vai, Cola?» chiese la voce di Petacchi dietro di lui.

«Prendo una boccata d'aria, dottore» rispose Cola.

Poi uscì, in caccia.

7

Petacchi fissò Asia e Samuele, seduto dietro la sua scrivania. La ragazza aveva dei segni sul viso: sembrava che qualcuno l'avesse picchiata. Non li aveva notati quando l'aveva vista vicino al cadavere, ed era strano, cose del genere non gli sfuggivano normalmente.

Petacchi fece cenno al piantone di uscire. «Sedetevi» disse.

I due restarono in piedi.

«Come volete. Conoscete Diego Santini?»

Silenzio. La ragazza strinse gli occhi con odio. Petacchi sospirò. «Ascoltate, ragazzi. La scheda del cellulare sfasciato che abbiamo trovato sul luogo dell'omicidio è di Diego Santini. Quindi presumo che fosse lì quando è morto Said. L'ha ammazzato lui?»

Ancora silenzio. Petacchi restò un attimo a fissarli. Poi prese una cartellina dalla scrivania e l'aprì. «Non so se capite che cosa sta succedendo, ma il vostro atteggiamento servirà solo a mettervi nei guai. Stanotte ci sono stati altri due omicidi, nemmeno tanto lontani, e crediamo che siano collegati. Guardate.»

Non gli andava di giocare duro con quei due ragazzi, ma non aveva scelta. Petacchi estrasse dalla cartellina due foto. Mostrò la prima. «Questo lo conoscete? Si chiamava Mileus Gheorghe. Era rumeno. Gli hanno sparato in gola ed è morto dissanguato.» Mostrò la seconda. «Questo, invece, ha un proiettile in testa. Si chiamava Mattia Franchi detto Puccio. Studente.»

I due ragazzi sbiancarono. Il volto di Asia cominciò a rigarsi di lacrime. «Dio mio, no» disse.

«Santini si sta dando da fare, stanotte» disse Petacchi.

«Non è stato Diego. Erano amici!» gridò Samuele.

«È vero, signorina?»

Asia fece sì con la testa. «Non è possibile... Non ci credo...»

«E Santini era amico anche del signor Said?»

«No.»

«E infatti lui l'ha ammazzato, vero?» Gettò la cartellina sul tavolo. «Adesso vi dico che cosa penso. Che Santini abbia ucciso Said, che era un uomo di Zorzi, un noto criminale, e Zorzi si è vendicato uccidendo gli amici di Santini.»

«È stata legittima difesa. Said aspettava Diego per ammazzarlo» disse Samuele.

«È così, signorina?»

Asia annuì.

«Perché?»

«Non lo so» disse lei debolmente.

«Prima di morire Said gli ha detto che gliela avrebbe fatta pagare per degli specchietti» disse Samuele, anche lui sull'orlo delle lacrime.

«Specchietti?»

«Non so altro, lo giuro» disse Samuele.

A Petacchi suonò un campanello in testa. Specchietti...«Ho letto qualcosa...» disse alzandosi e pescando un altro fascicolo tra altri simili, impilati su un tavolino. Lo sfogliò velocemente. «Eccolo qui. Santini arrestato... denuncia per danni... sei automobili ecc. Questa spacconata gli è costata la confisca del motorino. Ultimamente ha ripetuto questa bravata?» chiese ai due.

Asia annuì. «Qualche giorno fa, ma che c'entra?»

«Forse stavolta ha fatto saltare lo specchietto sbagliato...»

«Tutto questo per uno specchietto?» chiese Asia.

«Se era lo specchietto di Zorzi... Ma come hanno fatto a trovarlo? Attraverso la targa?»

«Impossibile. Era rubato» disse Samuele. La sorella lo fulminò con gli occhi. «Tanto, a questo punto...» si difese lui.

Il commissario aprì il cassetto e tolse la foto che aveva sottratto al fascicolo del rogo delle auto, quella dove si leggeva la scritta sul marciapiede. AG764RR. La mostrò ai ragazzi. «È questa la targa del motorino che aveva rubato Santini?»

«Non me lo ricordo, davvero» rispose Asia.

«Sì è quella» disse Samuele.

Petacchi lo fissò. «Ne sei sicuro?»

Il ragazzo arrossì. «Assolutamente... volevo denunciarlo.»

«Samuele!» disse Asia.

«Scusa, ma non mi piaceva il tuo ragazzo.»

«Era meglio se lo denunciavi davvero» disse Petacchi. «Ci saremmo risparmiati tutto questo.» Intanto pensava a Cola. Era stato quel bastardo ad aiutare Zorzi. E per convincerlo, Zorzi gli aveva fatto bruciare l'auto. E che altro aveva fatto per lui, Cola? Lo informava sulle indagini? Lo aiutava nello spaccio? Fosse stata l'ultima cosa che faceva, Petacchi l'avrebbe inchiodato. «Dov'è Santini?» chiese poi.

Asia si morse il labbro.

«Signorina, spero che abbia ormai capito che è meglio se collabora. Non per se stessa, per il suo ragazzo.» La guardò negli occhi. «Si fidi di me, la prego.»

«Diego è dal Pompo.»

«E chi è?»

«Uno sfasciacarrozze. Sono vecchi amici. Posso indicarle la strada.»

8

Il Pompo aveva perso quasi un'ora prima di entrare nella sua baracca. Non si fidava. Dietro ogni albero, sotto ogni sasso, gli sembrava di vedere la sagoma scura di Tanabuso. Ma non poteva andarsene senza ritirare i soldi d'emergenza che teneva nascosti in una cassetta. Se n'era ricordato al pronto soccorso, dove era andato per farsi mettere un collare ortopedico. Incidente di macchina, aveva detto, ma dubitava che gli avessero creduto.

Aprì con cautela la porta, pronto a scappare, e per un attimo gli si gelò il sangue. *Nella baracca c'era qualcuno!* Sentiva respirare!

Poi capì che il respiro era un fragoroso russare e che proveniva dal divano. Si avvicinò con cautela e scoprì Diego, addormentato.

«Ma te possino...» lo scosse.

Diego scattò seduto, poi contorse il viso in una smorfia di dolore. «Pompo!»

«Che cazzo ci fai qui?»

«Ciao Pompo, scusa ma io...» Vide che l'amico aveva il volto tumefatto e il collare. «Ma che ti è successo?»

«Quelli cercavano te. Non so che hai combinato, ma sei nella merda ragazzo mio, e se ti beccano qui con me sono fottuto anch'io. Senti, lo vuoi un consiglio? Vattene alla polizia. Al gabbio forse ti salvi. Se resti fuori il Primario prima o poi ti trova.»

«Alla polizia? Non posso...» mormorò Diego.

«Perché?»

«Il nero, Said, mi ha aggredito... Io ho dovuto...» Le immagini della sera prima tornarono ad assalirlo. «L'ho ucciso, Pompo.»

Il Pompo si immobilizzò, sbiancando sotto i lividi. «... Altro che nella merda, sei proprio fottuto.»

«Che dovevo fare Pompo? Farmi ammazzare?»

«Vai a casa, prendi la tua ragazza e vattene più lontano che puoi!»

«Ma...»

«Non hai scelta, ragazzo. E ti conviene...» si interruppe. «Che c'hai li sotto?»

Diego sollevò la maglietta rivelando la pistola. «Era del nero.»

«E l'hai accoppato con quella?»

«Sì»

«Cioè tu vai in giro con la pistola con cui hai ammazzato uno? Bella mossa, complimenti. Dai qua! La faccio sparire io.» Gliela strappò letteralmente di mano.

«Senti, Pompo, non posso girare con la macchina di mia madre...» disse Diego.

«Pure questa...» Il Pompo frugò in una scatoletta di metallo. «C'è una Fiat Uno gialla parcheggiata qui fuori. Ho appena finito di metterla a posto e pensavo di farci qualche soldo. I documenti sono a posto.»

«Grazie Pompo.»

Il ragazzo se n'era andato da mezz'ora quando le volanti circondarono la baracca. Il Pompo aspettò tranquillo bevendosi una tazza di caffè, e quando il primo poliziotto entrò nella baracca con la pistola in pugno, il Pompo si limitò a salutarlo tranquillo. «Buongiorno.»

«Diego Santini è qui?» domandò l'agente.

Il Pompo fece spallucce. «Chi? Non lo conosco. Posso offrirvi qualcosa?»

9

Nell'appartamento di Asia e Diego, Cima fumava seduto sul letto, con la schiena appoggiata al muro e una pistola col silenziatore in mano. Era rimasto lì tutta la notte, aspettando che Santini tornasse.

Il Primario era certo che si sarebbe fatto vivo, presto o tardi, per incontrarsi con la sua fidanzata, anche se Cima aveva qualche dubbio. Al posto suo, lui non l'avrebbe fatto. Avrebbe già messo così tanti chilometri tra lui e Roma che neanche i *marines* l'avrebbero trovato, e tanti saluti. Senza contare che magari il ragazzo già sapeva che la sua troietta era stata prelevata dagli sbirri. Ma il Primario voleva che Cima rimanesse lì come un fesso, e non era dell'umore di accettare un no come risposta.

Cima gettò con rabbia un cuscino sul pavimento. Non gli piaceva quella storia, non la trovava professionale. Il Primario aveva messo in piedi un casino per vendicarsi di un pischello da quattro soldi, e più il tempo passava, più il casino si faceva grosso. C'erano già stati tre morti per quella cazzata, e intanto il carico di coca rimaneva al porto e i clienti si lamentavano. Non andava bene, non andava bene per niente.

Stava per accendersi l'ennesima sigaretta quando sentì distintamente dei passi che si avvicinavano alla porta. Allora balzò in piedi e puntò la pistola. Una chiave si infilò nella toppa e la serratura girò. Cima preparò il dito sul grilletto.

Quando la porta si aprì, trattenne un'imprecazione e si affrettò a nascondere l'arma dietro la schiena. Sulla soglia c'era un vecchio, vestito con un abito rattoppato e un cappello militare. In mano teneva delle buste di carta.

«Sveglia ragazzo!» gridò il vecchio. «L'alzabandiera è suonata da un pezzo.»

Cima lo osservò incuriosito. «E lei chi è?»

«Sono il Capitano, soldato.»

Cima battè i tacchi e portò la mano libera alla fronte mimando il saluto militare. Tanto valeva dargli corda, a quel matto.

Il Capitano, dopo un attimo di esitazione, ricambiò il saluto. «Comodo figliolo, ha visto quello scansafatiche di Santini?»

«No signore» fece Cima. Il vecchio aveva i modi di un soldato vero, e a Cima ricordò un sergente di quando era nei parà. Bei tempi, quelli.

«Lei è un suo amico?»

«Sissignore.»

«Allora, quando lo vede, gli dia la posta» disse porgendogli le buste «e lo mandi da me, anche oggi ha disertato l'omaggio alla bandiera!»

«Certo signore.»

«Ottimo figliolo.» Il Capitano salutò, girò i tacchi in perfetto stile marziale e abbandonò l'appartamento.

Cima richiuse la porta e rise. «Pazzo furioso. A momenti l'ammazzavo.»

10

Diego aspettava nell'androne, e quando vide tornare il Capitano senza le buste, capì che i suoi sospetti erano fondati. C'era qualcuno nel suo appartamento.

Diego si era mosso con cautela. Aveva lasciato l'auto del Pompo a qualche isolato di distanza, e si era spostato a piedi per evitare le auto della polizia, tagliando per i vicoli e dentro i cortili delle case. Ma sapeva che il problema principale sarebbe stato quello dell'appartamento.

Se ci fosse stato qualcuno appostato lì dentro, non avrebbe avuto scampo, si trattasse di polizia o degli uomini del Primario. L'idea gli era venuta vedendo il Capitano uscire in bicicletta per il suo giro mattutino. Il Capitano viveva nel suo stesso palazzo. Fissato con la guerra, soprattutto quella del '15-18 (alla quale, per quanto vecchio, difficilmente poteva aver partecipato) aveva preso Diego in simpatia, forse perché era l'unico a dargli retta, invece di scansarlo. E poi sua madre, ogni tanto, gli portava qualcosa da mangiare e degli abiti smessi.

Al di là dei suoi modi eccentrici, il Capitano capiva abbastanza, quando voleva, e comunque, Diego non aveva scelte migliori al momento. L'aveva fermato, e il Capitano era stato lieto di aiutarlo in quella che aveva definito una missione di ricognizione. Che, a quanto pareva, aveva dato i suoi frutti.

Il Capitano fece cenno a Diego di seguirlo. «Casa tua è infestata di scarafaggi, vieni da me» disse a bassa voce.

Silenziosamente, entrarono nel monolocale del Capitano. Diego non c'era mai stato, e si sarebbe aspettato di trovarlo colmo di spazzatura fino al soffitto. Invece era tirato a lucido e profumava di lavanda, anche se era ingombro di vecchie cose. Cimeli di guerra, soprattutto, ma anche un sacco di libri. Alcune fotografie sul comò mostravano un Capitano molto più giovane, in divisa da aviatore. Chissà quando aveva cominciato ad andare fuori di testa.

Il Capitano richiuse la porta a doppia mandata. «Lo scarafaggio di cui ti parlavo è biondo e armato» disse solenne.

«Poliziotto?»

«Macché. Deve essere della stessa razza di quelli che hanno ammazzato i tuoi amici, stanotte!»

«I miei amici?» balbettò Diego.

«Il rumeno. E lo studente, quello che aveva sempre gli occhiali da sole.»

«Unca e Puccio?» chiese Diego. «Non può essere vero.»

Il Capitano si voltò verso la finestra. «Tutto vero, ragazzo, tutto vero. Mi dispiace di essere io a dovertelo dire.»

«Ma sei sicuro? Come fai a saperlo?»

«La gente parla e non si cura di cosa può ascoltare uno come me. E poi l'hanno detto alla radio.»

Diego si sedette, torcendosi le mani. «Capita'... cazzo! Io...» Non riuscì a proseguire. Il Capitano gli appoggiò una mano sulla spalla. Il ragazzo sollevò lo sguardo: aveva le lacrime agli occhi. «Voglio andare alla polizia» disse.

Il Capitano annuì. Diego lo aveva sempre visto come un vecchio pazzo. Adesso capiva che era più saggio di tante persone che aveva incontrato in precedenza. «Sì. Fai bene... Ti stanno facendo terra bruciata intorno per farti venire allo scoperto. Di' a tua madre che è meglio se cambia aria per un po'... Mi piace tua madre, è sempre stata gentile con me.»

Il viso di Diego si riempì improvvisamente di terrore. «Mamma...» Si guardò attorno. «La devo chiamare. Il telefono. Dove l'hai messo?»

Il Capitano mostrò a Diego il filo strappato dal muro.

«L'ho gettato dalla finestra» disse con tono colpevole. «Non mi piace la tecnologia.»

Diego uscì di corsa.

11

Tanabuso percorse a piedi gli ultimi metri che lo separavano dal palazzo. Aveva temuto di trovare gli sbirri a sorvegliare, ma a quanto pareva quelli della questura non avevano pensato di mettere sotto controllo anche la madre di Santini. Peggio per loro e meglio per lui. Si chiese se Cima, a quel punto, avesse già beccato il ragazzo. Per lui non faceva differenza, comunque. Il Primario voleva fare piazza pulita, e lui era lieto di obbedire. Chissà se la madre di Santini era ancora una donna piacente. Sperava di sì, gli avrebbe dato molta più soddisfazione. Dopo un altro sguardo alla via, attento a ogni movimento sospetto, Tanabuso suonò al citofono. Una donna rispose subito. «Chi è?»

Cercò di prendere un tono rassicurante. «Sono un amico di Diego. C'è?» disse.

«No, Diego non abita più qui.»

«Mmm. Dovrei lasciargli una cosa, posso salire?»

Era un rischio. Se la donna si fosse insospettita avrebbe chiamato gli sbirri. Ma a quanto pareva, nessuno l'aveva ancora avvisata di quanto era successo nelle ore precedenti, perché rispose semplicemente: «Va bene. Salga, quarto piano».

Poi aprì il portone.

12

Diego aveva fatto tutta la strada di corsa, incurante che qualcuno potesse vederlo. Arrivato al portone aprì con le sue chiavi, poi corse su per le scale, due gradini alla volta, fino alla porta di casa. Si fermò un istante per prendere fiato. Dall'interno dell'appartamento, sentì distintamente il rumore di qualcuno che tossiva e sputava. Un uomo.

Diego si bloccò. Sentì ancora il rumore di una sedia spostata bruscamente e dei passi che si avvicinavano alla porta. Indietreggiò fino a raggiungere le scale e salì una rampa.

La porta dell'appartamento si aprì e ne uscì un uomo vestito di nero, che si muoveva a scatti. Diego non l'aveva mai visto, ma era certo che non fosse un poliziotto. Aspettò che l'uomo si infilasse nell'ascensore, poi corse nell'appartamento.

«Mamma...» disse a bassa voce.

La vide subito. Era riversa sul pavimento, a faccia in giù, mentre una macchia di sangue si allargava sotto di lei.

«Mamma! No! No!» Si gettò sulla donna e le sollevò il capo. Sulla tempia aveva un buco e gli occhi erano spenti. Era morta. «Mamma...» sussurrò. Era stato l'uomo vestito di nero, l'uomo del Primario.

Il suo dolore fu sostituito di colpo da una rabbia feroce. Incontenibile. Poggiò delicatamente la madre a terra, poi si guardò intorno in cerca di un'arma. Il portacenere di marmo. Lo afferrò, poi corse fuori. Non sentiva più la stanchezza, non sentiva più la paura. Solo furia. Accecante.

Corse giù per le scale saltando i gradini tre alla volta e riuscì ad arrivare al piano terreno proprio mentre le porte dell'ascensore si aprivano. L'uomo all'interno non si accorse di lui fino a quando Diego non gli fu addosso. Cercò di afferrare la pistola che portava infilata sotto la giacca, ma Diego fu più rapido e lo colpì in faccia con il portacenere. Sentì che le ossa si rompevano, mentre l'uomo cadeva a terra, cercando di proteggersi il viso con le mani. Diego continuò a colpire fino a quando l'uomo smise di muoversi. Poi lo colpì ancora... ancora... ancora.

Si fermò. Aveva il viso schizzato di sangue e la mani lorde. L'uomo era morto, il cranio fracassato. Un occhio pendeva fuori dall'orbita. Diego si ripulì le mani sulla sua camicia, poi gli sfilò la pistola dalla cinta e uscì dal palazzo, camminando come in trance. Passò tra alcuni motorini in sosta. Si fermò davanti a uno scooter, con un colpo violento al manubrio ne spaccò il bloccasterzo. Un passante lo vide, poi incrociò i suoi occhi e distolse lo sguardo. Diego mise in moto.

13

Un'ora dopo, Cima ricevette una chiamata al cellulare. Sperò che fossero buone notizie, era stanco di fare la muffa in quel buco. Ma non lo erano.

«Tanabuso è morto» disse la voce del Primario.

Cima si morse il labbro. «Che devo fare?»

«Vattene subito da lì. Ho dato ordine di muovere il carico. Arriva stanotte, non possiamo più aspettare. Mi servi sul ponte.»

«Con quello che sta succedendo, forse è meglio...» azzardò Cima. Ma il Primario aveva già riattaccato.

Cima scosse la testa. Il suo istinto, affinato da anni di esperienza, gli stava facendo suonare un campanello d'allarme. Stava andando tutto a catafascio. "Quando questa storia sarà finita" pensò "il Primario e la sua spocchia potranno andarsene a fare in culo." Ma non era il momento per tirarsi indietro, non con cento chili di cocaina che aspettavano di essere tagliati e smerciati. Rinfoderò la pistola e uscì, cercando di non apparire sospetto mentre passava di fronte ai due sbirri in borghese che stavano sorvegliando il palazzo. S'infilò nell'auto e partì in direzione dell'appuntamento, con quel fastidioso campanello che gli suonava in testa sempre più forte. Fosse stato più attento, si sarebbe accorto che un motorino lo stava seguendo a breve distanza.

14

Il Primario si lavò il viso nel lavandino del bagno, poi cercò di riprendere il controllo. Era quella la chiave di tutto, il controllo. Non doveva perdere la testa, tutto sarebbe andato bene. Si asciugò con cura e si abbottonò la camicia, mentre sua moglie si avvicinava per sistemargli il colletto. Le diede un bacio sulla guancia, profumava di buono.

«Glielo hai dato lo sciroppo per la tosse prima di metterla a letto?» chiese.

«No» rispose la donna, contenta. «E non ha mai tossito. Hai visto che avevo ragione io? L'asma peggiorava per il fumo delle sigarette.»

«Già.»

Raggiunse la Mercedes parcheggiata sotto casa, e per un secondo l'abitudine prese il sopravvento. Salì dietro. Poi si rese conto di quello che aveva fatto e sorrise della sua stupidità. Non c'era più nessuno che guidasse per lui, adesso. Era solo.

Salì al posto di guida e si avviò lentamente nella città che cominciava ad accendere le prime luci della sera. Il luogo dell'appuntamento era a circa trenta chilometri da Roma: l'antico ponte di Vicovaro Mandela, nella gola dall'Aniene. Era un posto isolato, circondato dalla vegetazione e oppresso dagli enormi piloni dell'autostrada Roma-L'Aquila, che scorreva decine di metri sopra. Il Primario parcheggiò accanto a un vecchio mulino abbandonato, dove un fuoristrada attendeva. Appoggiato al cofano c'era l'uomo responsabile del carico: Valona. Non era il suo vero nome, ma tutti lo chiamavano così per via delle sue origini albanesi. Era lui che aveva guidato la barca con la droga, un traffico che gli rendeva di più di quello di esseri umani che aveva fatto per tanti anni, da una costa all'altra del Mediterraneo. Pochi istanti dopo, un'altra auto si fermò nello spiazzo erboso e ne scese Cima.

«Buonasera Primario.»

Il Primario fece un cenno di saluto a lui e a Valona. «Tutto a posto?»

Valona aprì il bagagliaio dell'auto e ne estrasse due grosse valigie. Il Primario fece scattare la chiusura di una di esse, rivelando un contenuto fatto di pacchetti bianchi, accuratamente chiusi nel cellophane.

«Vuole controllare?» chiese Valona.

«Come sempre» rispose il Primario. Scelse un pacchetto a caso e lo bucò con un piccolo coltello a serramanico, poi assaggiò la polvere bianca rimasta sulla lama. Si vantava di poter distinguere la coca di buona qualità senza usare i reagenti chimici che usavano i suoi uomini, ed era vero. «Coca purissima» annuì soddisfatto.

«Caricate nel mio bagagliaio» ordinò. Cima e Valona si affrettarono a obbedire. Poi Valona risalì sul fuoristrada e ripartì.

«Tutto ok?» chiese Cima, chiudendo il bagagliaio.

«Sai perché si dice così?» disse il Primario.

«Così come?»

«Ok, perché si dice ok.»

«No» rispose Cima perplesso.

Il Primario scosse la testa. «Lascia perdere. Dammi una sigaretta.»

Cima sorrise e gli allungò il pacchetto. Poi la sua espressione cambiò. Si toccò il torace, come l'avesse punto un insetto, e crollò a terra mentre il sangue si allargava sulla camicia. Solo in quel momento il Primario sentì l'eco dello sparo.

Si girò. Un ragazzo dal volto tumefatto lo fissava a pochi passi, con una pistola in mano.

15

«Fermo stronzo!» urlò Diego pieno di rabbia.

Il Primario si bloccò. Poi sorrise, gelido. «E così sei tu il coglione che ha sfasciato lo specchietto della mia Mercedes.»

Diego scosse la testa. «Non è possibile! Uno specchietto! Tutto 'sto casino per uno specchietto di merda!»

«Non uno specchietto qualunque» disse il Primario. «Era il *mio* specchietto della *mia* Mercedes, che tu hai spaccato nella *mia* città.»

«E valeva tanto da far ammazzare mia madre? E violentare la mia ragazza?»

Il Primario fece una smorfia sorpresa. «La tua ragazza? La cameriera del ristorante era la tua ragazza?» Rise.

«Che cazzo ridi?»

«Non lo sapevo, giuro» disse ancora sorridendo. «Però ti posso dire una cosa? Non valeva lo specchietto di una Mercedes.»

Diego gli sferrò un colpo in faccia col calcio della pistola. Dallo zigomo del Primario cominciò a colare un rivolo di sangue. Con il dorso della mano se lo asciugò, senza muovere lo sguardo dagli occhi del ragazzo.

Diego alzò la pistola per prendere la mira. La mano gli tremava.

«Metti giù la pistola Santini» disse una voce dietro di lui.

Diego si voltò. Alle sue spalle, un uomo lo teneva sotto tiro. Lo riconobbe, era l'ispettore che l'aveva arrestato qualche mese prima. «Ispettore Cola?»

«Proprio così. Alza le mani.»

«Ha sentito cosa ha detto? Lo ha sentito? Ha ammazzato mia madre. E violentato la mia ragazza!» gridò Diego.

«Sì, ho sentito. Ma ora posa quella pistola.»

«Ci penserà lei a questo bastardo, vero?»

«Sì, ci penso io ma butta quella cazzo di pistola! Non te lo ripeterò.»

Diego lanciò la pistola di Tanabuso nel fiume. Si sentiva come si fosse liberato di un peso. Era finita. Il Primario era finito. Quello che sarebbe successo da quel momento in poi a lui non importava più. Alzò le mani, mentre l'ispettore si avvicinava circospetto.

«Non farò resistenza» disse.

L'ispettore sorrise e gli tirò un pugno nello stomaco. Diego cadde a terra, sbattendo violentemente la testa contro un sasso. Con la vista annebbiata, riuscì a scorgere il Primario che sorrideva al poliziotto e gli batteva una mano sulla spalla.

«E bravo il mio Cola» stava dicendo il Primario «lo vedi cosa vuol dire la puntualità?»

Poi il Primario si inginocchiò e prese Diego per i capelli per poterlo osservare da vicino. Diego sentiva che il sangue gli stava colando sul viso.

«Lo sai?» sussurrò il Primario «Il tuo cognome mi diceva qualcosa. Santini... Santini... Poi mi sono ricordato. Anni fa ho incontrato un altro Santini prima di te. Un perdente a cui ho prestato dei soldi e che ha avuto la cattiva idea di non restituirmeli. È finito come meritava. Come finirai tu.»

Diego guardò il Primario con odio ancora più devastante. Un odio misto a disperazione. Suo padre non se n'era mai andato. Non li aveva mai lasciati. Era stato *ucciso*.

«Evidentemente è destino: io e i Santini non andiamo d'accordo.» Il Primario gli lasciò i capelli. Diego ripiombò a terra. Sentì il Primario che diceva «Cola, liberami da questo coglione.»

Il poliziotto si avvicinò puntando la pistola. Diego lo fissò negli occhi. Non aveva paura. "Scusa papà" pensò. "Scusa per quello che ho detto di te." Si preparò a morire, ma in quell'istante una voce gridò in lontananza. «Cola, butta quell'arma!»

Diego si alzò su un gomito. Il piazzale era pieno di poliziotti che correvano. Un poliziotto in borghese, con la pistola in pugno, si avvicinò a Cola.

«La stavo per chiamare, dottor Petacchi» disse Cola.

«Risparmiami le cazzate» disse Petacchi. Poi ammanettò Cola e il Primario, e si chinò su Diego. «Tutto bene, ragazzo?»

«Loro...»

Petacchi annuì. «So tutto. Abbiamo seguito l'uomo del Primario da casa tua. Purtroppo abbiamo perso del tempo. Ti devo arrestare, ragazzo.»

«Lo so» disse Diego, rialzandosi. «Ma l'importante è che quei due bastardi finiscano in galera.»

«Ci finiranno, te lo prometto.»

«Lei contro di me non ha niente» disse il Primario, mentre un poliziotto lo ammanettava. «Io fra due ore sono fuori e lei mi dovrà le sue scuse, ma non basteranno.»

Il Primario passò davanti a Diego, che stava a sua volta porgendo i polsi a un agente. «Tu dentro, io fuori. Che vuoi... Se nasci perdente muori perdente... Santini.»

Diego ebbe un sussulto. «Mio padre non era un perdente, hai capito? Non era un perdente!» gridò. Poi corse verso il Primario, travolgendo come una furia il poliziotto che stava per ammanettarlo.

«Santini!» gridò Petacchi, ma era troppo tardi. Diego colpì il Primario con una testata allo stomaco e mentre i poliziotti prendevano la mira, lo cinse alla vita con le braccia, spingendolo verso il parapetto del ponte. Il Primario lo guardò terrorizzato. Diego saltò. Caddero entrambi.

La corrente feroce dell'Aniene li inghiottì.

Epilogo

Era ormai giorno. La polizia spense le fotocellule. Petacchi si affacciò al ponte, guardando il fiume, poi scosse la testa. I corpi di Diego Santini e di Franco Zorzi erano stati ripescati poche ore prima.

«E adesso, dottore?» chiese un agente in divisa.

Petacchi scosse la testa. Cola, in questura, stava già raccontando quello che sapeva. L'organizzazione del Primario aveva le ore contate. Ma tutti quei morti...

«Adesso... non lo so» rispose Petacchi.

All'obitorio, Asia sedeva di fronte al cadavere di Diego, disteso sotto le luci al neon. La morte era stata pietosa con lui. Sembrava che dormisse. Asia gli accarezzò il volto freddo, poi chiuse gli occhi.

È a letto con Diego, nel vecchio letto che hanno deciso di cambiare. Guardano il soffitto. La luce del sole riempie la stanza. «E poi direi di colorare le pareti. In cucina azzurro... e qui rosa. Eh?» dice.

«Che cosa? Una stanza rosa?» Diego ride.

«Sì dài, ho letto su una rivista che è molto rilassante.»

«Ma sei pazza? No, no...»

Asia gli accarezza una guancia. «Ormai è deciso...»

Diego prende un cuscino e la colpisce a tradimento. Asia

glielo leva di mano e lottano, fino a quando riesce a immo-
bilizzarlo salendogli a cavalcioni.

«... Va bene va bene, ma se fosse gialla?» dice allora Diego.

Asia stringe le gambe.

«Verde?» continua lui.

Asia solleva il cuscino come per colpirlo. Diego sorride.
Poi la guarda negli occhi. «Ti amo.»

«Cemento armato»
di Sandrone Dazieri e Marco Martani

Arnoldo Mondadori Editore S.p.A.

Finito di stampare nel mese di settembre 2007
presso Mondadori Printing S.p.A.
Stabilimento NSM di Cles (TN)

Stampato in Italia - Printed in Italy